KATE S STARK

NATURAL WITCHES

witch's world band 2

Bibliografische Information der Deutschen Nationalbibliothek: Die Deutsche Nationalbibliothek verzeichnet diese Publikation in der Deutschen Nationalbibliografie; detaillierte bibliografische Daten sind im Internet über dnb.dnb.de abrufbar.

Covergestaltung: Kate S. Stark
Herstellung und Verlag: BoD – Books on Demand, Norderstedt
ISBN: 9783750422964

Für die Zufälligen und Begabten
dieser Welt.

KAPITEL 1

Milla

Ich sauge tief die Luft ein, ehe ich den Atem anhalte und austeste, welche Stimmung heute über White Oak liegt. Irgendetwas fühlt sich verkehrt an. Mehr Magie als sonst schwirrt durch die Zimmer der Akademie und sie ist alles andere als kontrolliert und geordnet, wie ich es gewohnt bin. Sofort breitet sich eine Gänsehaut auf meinen Armen aus, auch wenn ich noch in meinem kuscheligen Bett liege.

Noch bevor ich die Augen richtig geöffnet habe, springe ich aus der Wärme meines Bettes und ziehe meinen zwei Freundinnen die Decke weg.

»Lucinda Knight, Abigail Sage, spürt ihr das auch?«, rufe ich und reiße die Mädchen, mit denen ich mir das Zimmer teile, aus dem Schlaf. »Da stimmt was nicht! Wacht auf!«

Stöhnen ertönt und im Halbdunkel unseres Zimmers kann ich gerade noch so einem Kissen ausweichen, die Vase auf dem Regal neben der Tür allerdings nicht. Mit einem lauten Klirren landet sie auf dem Boden.

»Sei leise, Milla! Wir können noch mindestens eine halbe Stunde bis zum Morgentee schlafen«, knurrt Abigail Sages Stimme in der Dunkelheit. Alle hier nennen sie Big Sage, aber ich habe nie verstanden, wieso. Sie ist weder groß, noch eine Salbeipflanze. Aber wie eine Abigail sieht sie auch nicht aus. Eher wie eine Amanda oder eine Alice.

Heftig schüttle ich den Kopf. »Und was ist, wenn das gefährlich ist? Ihr wisst doch, was Professor Flint über Magie gesagt hat«, entgegne ich und sehe den Professor genau vor mir. Wie er auf seinem Podium im Wassersaal stelle ich mich auf Lucinda Knights Holzkiste am Fußende ihres Bettes und hebe den Zeigefinger meiner rechten Hand in die Höhe. Großmutter sagt, dass man mit der linken Hand vorsichtig sein muss. Die verwenden böse Hexen zum Zaubern, wenn sie jemandem wehtun wollen.

»Magie muss kontrolliert fließen. Die kleinste Unruhe kann bereits gefährlich sein und in manchen Fällen sogar tödlich enden«, gebe ich seine Warnung Wort für Wort wieder und bemühe mich, dabei wie er zu klingen. Die Stimme ein bisschen höher und mit langen Atemzügen nach jedem dritten Wort, als wäre ich gerade das Treppenhaus bis zu unserem Zimmer hochgerannt.

»Es ist noch viel zu früh, um an Unterricht zu denken, Milla!«, murmelt Lucinda Knight und zieht sich die Decke über den Kopf. Zumindest glaube ich, dass sie das tut, weil aus ihrer Ecke des Zimmers ein lautes Rascheln kommt. Oder war das etwa das leere Bett, das ihrem gegenübersteht? Wäre schließlich nicht das erste Mal, dass sich Gegenstände verselbständigen. Kein Wunder bei all der Magie in der Luft!

»Denkt, an was ihr wollt, aber ich schaue mir das jetzt an!«, entgegne ich, auch wenn ich mich eigentlich gar nicht traue. Ohne Abigail Sage und Lucinda Knight verlasse ich fast nie das Zimmer. Das bin ich mittlerweile so gewohnt und Großmutter sagt immer: »Egal, was du machst, Milla-Schätzchen, gehe niemals alleine durch White Oak. Manche sind nicht mehr zurückgekommen.« Dann lacht sie laut, was eher wie ein Husten klingt, und tätschelt mir so fest den Kopf, dass ich auch noch Stunden später Kopfweh habe. Ob das wirklich wahr ist?

Keine Ahnung. Aber herausfinden will ich es auch nicht ...

Wieder und wieder höre ich ihre Worte in meinem Kopf, spüre ihre feuchtwarme Hand auf meinem Haar und merke, wie sich langsam Kopfschmerzen ankündigen. Trotzdem greife ich nach meinem Morgenmantel, der mir, wie die meisten meiner Klamotten, viel zu groß ist. Großmutter gibt mir immer ihre Sachen, aber sie ist ungefähr dreimal so breit wie ich und wesentlich größer. Mir ist das egal. Ihre Klamotten erinnern mich an sie, an Zuhause, wo ich ganz alleine herumlaufen kann, ohne zu verschwinden.

»Milla, du gehst doch jetzt nicht ernsthaft da raus, oder?«, fragt Abigail Sage und klingt plötzlich ganz anders. Nicht mehr so genervt, sondern eher wie Großmutter, wenn ich mit meinen Gedanken nicht ganz dagewesen bin.

»Doch!«, entgegne ich und schiebe die Ärmel des Morgenmantels hoch, um den Gürtel zusammenbinden zu können. »Ich will wissen, was da los ist!«

Ich springe von der Kiste herunter und lande mit den Füßen auf dem eiskalten Steinboden. Das Feuer in unserem kleinen Kamin ist schon vor Stunden ausgegangen. Da kühlt das Zimmer schnell aus, vor allem jetzt im Herbst. Kein Wunder, dass Lucinda Knight oder sogar das leere Bett die Decke hochgezogen haben.

Wieder höre ich ein Stöhnen, ehe es erneut in der Dunkelheit raschelt, diesmal aber aus Abigail Sages Richtung.

»Zieh dir wenigstens Socken an!«, rät sie mir.

Ich wackle mit den Zehen auf dem Boden und zucke dann die Schultern. Was macht so ein bisschen Kälte, wenn wir alle in großer Gefahr sind?

»Keine Zeit, Abigail Sage!«, rufe ich und setze mich in Bewegung. Wie das Wasser von Loch Codwyll umgibt die Kälte meine Beine, aber das ist mir egal. Ich muss einfach wissen, was in der Nacht passiert ist, dass die Magie hier so außer Kontrolle geraten ist.

»Milla!«, ruft Abigail Sage mir hinterher, aber da habe ich die Tür schon erreicht und bin schneller im Treppenhaus, als sie »Stopp!« sagen kann.

Ich renne die Treppe herunter und folge der Spur von Merkwürdigkeit in der Luft, die die übliche Magie dieses Ortes wie ein Dolch geteilt hat.

»So soll das nicht sein«, murmele ich und erreiche endlich das Erdgeschoss. Über mir höre ich Schritte aus dem Treppenhaus. Vielleicht sind das Joana Waterhouse, Violet Ellis und Tamsin Blight, die *etwas für ihre Figur tun* müssen, wie sie es nennen. Wobei ich nie verstanden habe, was sie denn nun tun …

Also beeile ich mich nur umso mehr. Die drei, die Abigail Sage immer die *Witch-Bitches* nennt, mögen mich nicht sonderlich. Wenn sie mich sehen, verziehen sie immer ihre Gesichter, als hätten sie einen ekeligen Geschmack im Mund. Und manchmal sagen sie komische Sachen über Großmutter, die mir nicht gefallen, also versuche ich, sie gleich wieder zu vergessen.

»Wo kommst du her?«, frage ich leise, als ich die Eingangshalle betrete, und sehe mich um.

Hier fühlt es sich so an, als hätte die Merkwürdigkeit in der Luft wie ein Wirbelsturm gewütet. Auf den ersten Blick ist alles wie immer. Zu viel Staub auf den Regalen und dem Tisch, auf dem das dicke Lederbuch mit Namen liegt. Vertrocknete Blumen in der Vase und viele schwarz-weiß Bilder an der Wand. Großmutter sagt, dass es früher keine farbigen Fotoapparate gegeben hat. Aber warum haben sie dann keine Farbe in die Bilder gezaubert?

»Guten Morgen, Milla«, erklingt Miss Marthas Stimme. Es gefällt mir nicht, dass ich nur ihren Vornamen kenne. Jeder kennt nur ihren Vornamen, weil sie ihren Nachnamen vergessen hat.

»Morgen«, nuschele ich, als ich endlich herausgefunden habe, wo die Spur der Merkwürdigkeit weiterführt und rausche an unserer Haushälterin vorbei.

Die Schritte, die ich vorhin noch über mir gehört habe, sind nun hinter mir und klingen so gar nicht nach den *Witch-Bitches*. Eher nach Abigail Sage, polternd und schwer. Aber sie ist nicht allein. Wenn ich mich auf sie konzentriere, spüre ich di-

11

rekt hinter ihr Lucinda Knights Magie. Ein wenig verschlafen und etwas außer Kontrolle geraten, aber kein Vergleich zu dem, was mich einen Gang und zwei Treppenstufen hinter einer der Türen zu den Gästezimmern erwartet.

Im schwachen Licht, das durch das einzige Fenster fällt, sieht sie aus wie ein schlafendes Mädchen mit Schlamm im Haar. In ihrem Inneren tobt allerdings ein Sturm, der offenbar die Ursache für die ganze Merkwürdigkeit in der Luft ist. Aber gefährlich wirkt sie nicht. Trotzdem bleibe ich im Türrahmen stehen, nur für den Fall, dass sie und ihre Magie gleich erwachen.

»Hab' ich doch gewusst, dass wir eine Neue haben.« Beim Klang von Joana Waterhouses Stimme zucke ich zusammen und wirble zum Gang herum. Mit den Armen vor der Brust verschränkt baut sie sich hinter mir auf und starrt wie ich auf das schlafende Bündel Chaos am anderen Ende des Gästezimmers.

»Niemand, den ich kenne. Also ist sie eine *Zufällige*«, sagt sie mit einem prüfenden Blick auf das Mädchen mehr zu sich selbst als zu mir. Gerade das letzte Wort spuckt sie aus, als wäre es eine Fliege, die sie aus Versehen eingeatmet hat. Das sagen viele Hexen so, aber Großmutter hat mir beigebracht, dass das sehr böse ist. Zufällige sind auch nur Hexen.

»Das sagt man nicht so«, platzt es aus mir hervor, ohne dass ich es verhindern kann.

»Als ob du verstehen könntest, was das bedeutet«, entgegnet Joana Waterhouse mit einem ziemlich finsteren Blick auf das Mädchen. Dann stößt sie sich vom Türrahmen ab und verschwindet, wobei ich den Klang ihrer Stöckelschuhe noch lange hören kann. Großmutter würde mich nie solche Schuhe tragen lassen. »Du behältst deine Füße besser auf dem Boden, Milla-Schätzchen, standhaft wie ein mächtiger Baum.«

Ihre Stimme verklingt sofort, als ich näher an das Bett trete, um das Mädchen zu betrachten. Sie schläft noch immer und hat nicht gehört, wie gemein Joana Waterhouse zu ihr gewesen ist. Ist wohl auch besser so, sonst hätte ihre Magie die Energien von White Oak nur noch mehr durcheinandergebracht.

KAPITEL 2

Isa

Kaum, dass ich nach meiner Ankunft in White Oak von einer missmutigen Mrs. Crumple in eines der Gästezimmer geführt worden bin, haben mich all meine Kräfte verlassen.

Bin da. Alles gut. Zu mehr Text an Mum bin ich nicht fähig. Ich bin mir nicht einmal sicher, ob ich die Nachricht auch wirklich abgeschickt habe. Dank meines unerwarteten Treffens mit Morgaine Paoli und meiner Aufnahme in White Oak sind meine Sorgen zumindest für einige Zeit verschwunden und angenehmer Stille gewichen. Ich bin einfach auf dem Bett zusammengebrochen und sofort eingeschlafen.

Leider hält dieser Zustand nicht lange an, sodass sich in die allumfassende Schwärze des Schlafs langsam aber sicher Bilder mischen, die ich am liebsten für immer aus meinen Erinnerungen verbannt hätte. Mike auf dem Boden, Blut auf den weißen Dielen. Thomas' angsterfüllter Blick. Lucas, wie er mich zur Vernunft bringen will. Die Wahrheit über meine Herkunft. Die Adoption. All das zieht an mir vorbei und vergeht in den Flammen meines Albtraums wie das Haus, aus dem ich gerade noch so entkommen konnte. Mit nackten Füßen renne ich durch die eiskalte Nacht, ehe ich falle und falle, bis mich Wasser umhüllt und die See mich immer tiefe zieht.

Aber das ist nicht alles … Fremde Stimmen mischen sich unter die Stille der Toten, die sich einmal mehr in mir breitgemacht hat, und reißen mich allmählich aus der komatösen Trance, die sich Schlaf schimpft.

» … mir nicht bekannt vor«, sagt jemand wie aus weiter Ferne und klingt dabei alles andere als erfreut.

»Man sieht ihr doch deutlich an, dass sie eine Zufällige ist«, wirft eine andere Stimme ein, was mich endgültig aufhorchen lässt. Reden sie etwa über mich?

Trotz des Albtraums hätte ich gerne noch weitergeschlafen, doch die Neugier lässt mir keine Ruhe. Widerwillig öffne ich die Augen, erst ganz leicht, um abschätzen zu können, was vor sich geht. Verschwommen erkenne ich mehrere Schemen im Raum, der plötzlich viel zu eng und klein wirkt.

»Hey, wach auf, Neuling!«, befiehlt die erste Stimme mit solcher Autorität, dass ich unter der rauen Bettdecke zusammenzucke.

»Sie ist ja wirklich wach«, murmelt jemand, aber ich bin viel zu sehr vom Licht geblendet, das durch das Fenster direkt über mir aufs Bett fällt, als dass ich hätte erkennen können, wer gesprochen hat. Am anderen Ende des Raums stehen drei Mädchen, wie ich sie von meiner alten Schule kenne. Die Haare fallen ihnen allen in langen Locken den Rücken hinab, das Make-Up ist viel zu heftig und die Schuhe lassen sie aussehen, als wären sie direkt von einem Laufsteg in mein Zimmer stolziert. Mädchen wie sie kenne ich zu Genüge. Äußerlich mögen sie strahlen wie Engel, was sicher auch mit dem vielen Schmuck zu tun hat, den sie sich umgehängt haben, aber innerlich sind sie die Personifizierung des Teufels höchst selbst. Erst jetzt dämmert mir so richtig, was es bedeutet, eine Akademie für magisch begabte Mädchen zu besuchen. Mitschülerinnen, und zwar einen ganzen Haufen. Allein jetzt befinden sich vier in meinem Zimmer. Die drei Engel und ein Mädchen, das in dem viel zu großen Bademantel mit pinken Seerosen wie eine Fünfjährige aussieht. Ihre kurzen Locken stehen in alle Richtungen ab, als wäre sie gerade erst aufgestanden.

»Was wollt ihr hier?«, frage ich, als ich meine Stimme wiederfinde, und verschränke die Arme vor der Brust. Ich gebe mir wirklich Mühe, die Vier wütend anzufunkeln, ganz besonders die teuflischen Engel. Wenn ich eines in meiner schulischen Laufbahn gelernt habe, dann, dass man solchen Mädchen gegenüber keine Schwäche zeigen darf.

»Die Frage ist wohl eher, was du hier machst, Neuling«, entgegnet der Mittlere der drei Engel. Sie ist etwas größer als die anderen beiden, mit Haaren so schwarz wie die Nacht.

»Hat dir schon mal jemand gesagt, dass es unhöflich ist, eine Frage mit einer Gegenfrage zu beantworten?«, sage ich, weil ich weiß, dass das solche Mädels meistens auf die Palme bringt.

»Wie bitte? Wie redest du denn mit ihr? Hast du überhaupt keine Ahnung, wer sie ist?«, fragt die Blonde der drei, was mir nur bestätigt, dass es ihnen niemand gesagt hat. Oder sie einfach aus Prinzip unhöflich zu jedem Neuling hier sind.

»Wenn ich das wüsste, hätte ich doch nicht gefragt, oder?« Ich kann gerade noch verhindern, dass ich die Augen verdrehe.

»Das …«, sagt Blondie und deutet auf ihre Freundin, »ist Joana Waterhouse, die Tochter des Hexenkönigs. Also zeig verdammt nochmal etwas Respekt!«

Ach ja, der Hexenkönig … Noch nie von ihm gehört, aber das müssen Blondie und Prinzessin Joana nicht wissen.

»Violet, sie ist ganz offensichtlich eine Zufällige. Wie kann sie da wissen, wer wir sind?«, sagt Joana in versöhnlichem Ton und hält Blondie Violet gerade noch davon ab, auf mich loszugehen. Das Mädchen im Riesenbademantel weicht vorsichtshalber an die Wand zurück und stößt dabei beinahe meinen Waschtisch um. Der Krug darauf gerät kräftig ins Schwanken und während ich ihn schon auf dem Boden zerschellen sehe, schießt Joanas Hand nach vorne und lässt ihn mitten in der Luft erstarren, ohne ihn zu berühren.

Ich reiße die Augen auf und starre den Krug an, blinzle, schließe kurz die Augen, aber er bleibt weiter in der Luft stehen. Eine der drei Teufelinnen lacht leise, aber das ist mir so was von egal. Ich bin gerade eher damit beschäftigt, nicht die Nerven zu verlieren, schließlich sind meine letzten Begegnungen mit Magie nicht ganz so rosig und kontrolliert ausgefallen.

»Warum hast du denn Matsch in den Haaren, Zufällige? Du könntest eine Dusche vertragen«, sagt die Tochter des Hexenkönigs. Das freundliche Lächeln ist verschwunden, stattdessen hat sie ein Grinsen auf den Lippen, das ich nur allzu gut kenne. Und das bedeutet nichts Gutes.

Noch bevor ich reagieren kann, rauscht der Krug durch die Luft auf mich zu und entleert sich direkt über meinem Kopf, ehe er, sanft von Joanas Magie geleitet, wieder auf dem Waschtisch landet. Eiskaltes Wasser durchnässt meine Haare und läuft mir in die Ohren. Ich erschaudere, bin aber zu erschrocken, um mich zu beschweren oder sonst irgendwas zu tun. Für eine Sekunde lässt mich die Kälte erstarren, was Joana ein lautes Lachen entlockt.

»Gern geschehen, Zufällige«, sagt sie, während die anderen beiden vor Lachen kaum noch Luft bekommen. Oh, wie gerne würde ich es ihnen heimzahlen, aber ich kann mich vor Schreck nicht bewegen, während mein Gehirn die Situation zu verarbeiten versucht. Das ist echte Magie gewesen. Magie, die mir geschadet hat. Auch wenn so ein bisschen Wasser nicht tödlich ist, kann ich mich jetzt noch besser in die Lage meiner Opfer versetzen. Wenn Joana schon mit Leichtigkeit einen Krug durch die Luft schweben lassen kann, zu was ist sie dann noch im Stande?

Gerade habe ich noch gedacht, dass das hier auch nicht schlimmer werden kann als an meiner alten Schule. Nur habe ich dabei die magischen Kräfte vergessen, die nicht nur ich, sondern sicher auch jeder andere Bewohner dieses Anwesens besitzt. Da ist eine unfreiwillige Dusche am Morgen sicher noch mein kleinstes Problem.

»Ist die immer so?«, frage ich das Mädchen im Bademantel, nachdem Joana und die anderen beiden unter noch lauterem Gelächter abgezogen sind. Das Bademantelmädchen steht noch immer gegen die Wand gedrückt und mustert mich mit großen Augen. Irgendwie habe ich das Gefühl, dass sie nicht zu Joanas Clique gehört. Vielleicht kann ich mich mit ihr anfreunden, dann hätte ich wenigstens eine Verbündete.

Das Bademantelmädchen stößt zur Antwort ein hohes Quietschen aus, ehe sie aus dem Zimmer rast, als hätte ich ihr das Wasser über den Kopf geschüttet oder ihr mit dem nun leeren Krug eins übergebraten. Ich wünschte, ich hätte daran gedacht, als Joana noch hier gewesen ist.

Aber Prinzessinnen, egal ob fake oder magisch, wissen immer, wann es Zeit ist, zu gehen, bevor ihnen noch jemand die Frisur ruinieren könnte oder ihnen ein Fingernagel abbricht. Und sie wissen, ihre Krone zu verteidigen. Wieso habe ich diese royalen Superkräfte nicht? Gerade hier an White Oak könnte ich sie ziemlich gut gebrauchen.

Wobei …

Hat Mum, größenwahnsinnig wie sie manchmal ist, nicht gesagt, dass ich eines Tages die Königin der Hexen sein könnte? Heißt das, der Thron auf dem Joanas Vater sitzt und ihr ganz sicher einige Privilegien einbringt, hat ein wackeliges Bein oder am besten gleich zwei?

Dann wäre Joana doch nicht so gefährlich, wie sie tut. Auch Prinzessinnen können fallen und gerade, wenn sie glauben, über allen anderen zu stehen, kann das mitunter ziemlich schmerzhaft werden. Für sie ist der Weg nach unten schließlich besonders lang.

KAPITEL 3

Mein Start an White Oak, zumindest der inoffizielle Teil, ist nicht gerade gut verlaufen, aber wenigstens muss ich jetzt wirklich nicht mehr duschen. Vielleicht sollte ich Joana später dafür danken. Das würde sie sicher durcheinanderbringen. Aber alles in allem bin ich mir sicher, dass die Zeit hier nicht ganz so einfach werden wird wie an meiner alten Schule. Da ist Wissen das Wichtigste gewesen, zumindest was die Lehrer angeht. Wer gelernt hat, ist durchgekommen, aber ich glaube, dass mich das an White Oak nicht weit bringen wird. Hier zählt sicher, aus welcher Familie man stammt oder wer mehr Magie in sich trägt.

Und überhaupt: Welches Wissen habe ich denn schon vorzuweisen? Magie ist mir bis vorgestern vollkommen fremd gewesen. Klar, ich habe zusammen mit meiner Mutter die Karten gelegt. Manche Leute da draußen würden das allein schon für Magie halten. Vor hunderten von Jahren hätte man uns deswegen vermutlich auch auf dem Scheiterhaufen verbrannt, aber in der heutigen Zeit ist das gar nichts verglichen mit dem, zu was Joana und ihre Freundinnen vermutlich fähig sind.

Mein Blick fällt auf den Wasserkrug, dessen Inhalt meine neue Mitschülerin vorhin über mich verteilt hat. Erst jetzt merke ich so richtig, wie kalt es in meinem Gästezimmer ist. Das Wasser rinnt mir den Nacken entlang, sodass sich eine Gänsehaut auf meinen Armen ausbreitet. Nicht nur wegen der Kälte, sondern auch wegen der Ungewissheit, die plötzlich vor mir liegt. Gestern bin ich zu müde gewesen, um länger darüber nachzudenken, was passiert, sobald ich meinen ersten Tag hier beginne. Ich bin Mrs. Paoli viel zu dankbar gewesen, um mir Gedanken zu machen, was es eigentlich heißt, auf White Oak zur Schule zu gehen.

Alle hier haben magische Kräfte.

Dieser Gedanke hallt durch meinen Kopf, was fast unerträglich ist. So wie es bisher aussieht, können alle hier diese Kräfte kontrollieren und so einsetzen, wie sie es wünschen. Im Gegensatz zu mir. Ich mag zwar Magie in mir tragen, kann sie aber nicht in Schach halten. Also kann ich mich auch nicht wehren oder überhaupt schützen.

Wenn mir nicht so furchtbar kalt gewesen wäre, hätte ich mir vermutlich mit der Hand gegen die Stirn geschlagen. Erst jetzt fällt mir auf, wie dumm es gewesen ist, mich von Joana provozieren zu lassen. Also sinke ich tiefer zurück in die durchnässten Kissen und ziehe mir die Decke über den Kopf. Am liebsten würde ich mich hier für immer verstecken. Nie mehr wieder herauskommen. Tief in mir weiß ich allerdings, dass das unmöglich ist. Früher oder später wird mich jemand holen kommen. Vielleicht das Mädchen im Bademantel, oder Mrs. Crumple. Oder die Schulleiterin persönlich, also sollte ich besser überlegen, wie ich in Zukunft mit Joana und ihren Freundinnen umgehen sollte. Mit Rich-Bitches komme ich ja noch klar, aber Witch-Bitches … Das ist eine völlig andere Liga.

Ein Klopfen reißt mich aus meinen Überlegungen, lässt mich zusammenzucken, wie schon vorhin, als ich die vier Gestalten in meinem Zimmer bemerkt habe. Langsam schiebe ich meinen Kopf unter der Decke hervor, auch wenn ich am liebsten noch tiefer in ihr versunken wäre. Sie riecht zwar nach Mottenkugeln und Staub, so wie der Dachboden daheim, aber gerade deswegen will ich nicht aufstehen. Sie erinnert mich an Zuhause, an bessere Zeiten, als alles noch normal gewesen ist.

»Guten Morgen, Isa. Ich hoffe, du hast gut geschlafen nach den Ereignissen der letzten Tage«, ertönt eine Stimme aus Richtung der Tür, die sich verdächtig nach der Schulleiterin persönlich anhört. Ein paar Schritte später taucht ihr Kopf vor mir auf. Wie gestern fallen ihr die blonden Locken ins Gesicht, das von einem strahlenden Lächeln erhellt wird. Wenn ich sie jetzt so ansehe, kann ich es kaum glauben, dass jenseits dieser Tür Schülerinnen wie Joana nur darauf warten, mir mit ihren Kräften irgendetwas anzutun. Professor Paoli lächelt mich an, als wäre alles vollkommen in Ordnung, als wäre das hier der Beginn in ein neues Leben. Ein besseres Leben. Aber seitdem ich aufgewacht bin, ist nichts Gutes passiert.

»Du solltest dich beeilen. Wir wollen dich doch auf der morgendlichen Versammlung den anderen vorstellen«, sagt Paoli und ihr Lächeln wird noch breiter.

Also, von wir kann hier nicht die Rede sein, denke ich, lasse mich aber dazu überreden, die Decke zurückzuschlagen und mich aufzusetzen. Ich fühle mich noch immer leer, seitdem ich meine Eltern und das Haus zurückgelassen habe, in dem ich aufgewachsen bin. Ich werde meine Familie schrecklich vermissen. Klar gibt es Handys und E-Mails, aber es ist nicht dasselbe, wie jeden Morgen in die Küche zu kommen, wenn Dad und Lucas über ihre Bücher gebeugt Kaffee trinken und Mike wieder einen seiner Streiche an Mum ausprobiert.

An White Oak wird man mir sicher auch Streiche spielen, und die werden bei Weitem nicht so harmlos sein wie die Gummispinnen, die Mike in Mums Teedosen oder unter ihrer Bettdecke versteckt.

»Es wird Zeit, dass du deine neuen Mitschülerinnen kennenlernst«, fährt die Schulleiterin fort und hält mir ihre Hand hin. Ich ergreife sie nicht, sondern schaue nur an mir herunter, wobei ich feststellen muss, dass nicht nur in meinen Haaren Matsch hängengeblieben ist.

»Ach herrje! Du solltest dir etwas Frisches anziehen. In einer Viertelstunde geht es los. Wenn du magst, warte ich draußen auf dich«, sagt sie mit einem Blick auf meine dreckigen Klamotten, ohne eine Antwort abzuwarten, und lässt mich allein.

Jedes Jahr habe ich mich vor dem ersten Schultag gefürchtet. Vor allem, als Mum und Dad mich und Lucas auf die neue Schule geschickt haben. Auch wenn wir die ganze Zeit eine Uniform haben tragen müssen, habe ich in den Tagen zuvor Stunden damit zugebracht, den passenden Schmuck auszusuchen und meine Frisur und das Make-up zu perfektionieren. Und jetzt? Jetzt steht mir der schlimmste erste Tag bisher bevor und ich habe keine Ahnung, was ich an einer Schule für magisch Begabte und Hexenprinzessinnen anziehen soll.

An allen anderen Tagen mache ich mir sonst kaum Gedanken über meine Klamotten, aber der erste Eindruck zählt. Wenn Leute wie Annabelle oder Joana einmal beschlossen haben, dich zu hassen, weil du anders aussiehst, oder deine Eltern nicht so viel Geld haben, legen sie diese Meinung nicht mehr ab. Wenn man aber so aussieht wie alle anderen, als gehöre man in diese Welt, übersehen sie mich vielleicht und lassen mich für den Rest des Schuljahres in Ruhe. Das ist die beste Überlebenstechnik. Aber so wie es aussieht, bin ich jetzt schon zu Joanas neustem Opfer geworden. Da kann ich auch genauso gut eines der muffigen Laken überziehen und Professor Paoli nach unten folgen. Das Schlimmste an der ganzen Situation: White Oak ist so klein, dass es vermutlich kaum jemand anderen gibt, den Joana zu ihrem Sündenbock machen kann.

Aber noch habe ich die anderen Schülerinnen und die Lehrer nicht getroffen. Vielleicht finden sich ein paar andere Junghexen, die nicht darauf aus sind, mich die ganze Zeit über zu schikanieren …

Als ich mir den Inhalt meines Koffers anschaue, entscheide ich mich für Schwarz. Damit kann man nichts falsch machen und schließlich sind die meisten Halloweenkostüme von Hexen ebenfalls in dunklen Farben gehalten. Ich bezweifle aber, dass man hier mit billigen Stoffen, auf die Spinnen und Fledermäuse gedruckt sind, herumläuft. Aber was man hier sonst trägt, weiß ich auch nicht. Noch nicht. Aber wenn es nach der Schulleiterin geht, die bereits das zweite Mal ungeduldig gegen die Tür klopft, werde ich das eher früher als später herausfinden.

KAPITEL 4

Als die Schulleiterin ein fünftes Mal gegen die Tür klopft und mich ermahnt, mich zu beeilen, bin ich endlich fertig. Und halbwegs zufrieden, auch wenn ich mich in dem kleinen blinden Spiegel auf dem Waschtisch kaum gesehen habe. Ich stehe vom Bett auf, die einzige Sitzgelegenheit in diesem Zimmer, und blicke ein letztes Mal an mir herab. Meine Füße stecken in meinen Lieblingsstiefeln, die mir mit ihren hohen Absätzen noch ein bisschen mehr Größe verleihen. Ich habe mal einen Lehrer gehabt, der solche Schuhe, egal wie hoch die Absätze waren, Selbstbewusstseinsvergrößerer genannt hat. Und heute merke ich, dass er wirklich recht damit hat. Auch wenn Joana groß ist, kann ich mit diesen Stiefeln auf jeden Fall mit ihr mithalten. Es ist irgendwie immer ein gutes Gefühl, auf Leute herabblicken zu können, die sich sonst für die Größten halten.

Meine Jeans, die entgegen aller modischen Gesetze nicht voller Löcher ist, habe ich in die Stiefel gestopft, und ziehe sie ein letztes Mal nach oben. Komischerweise haben meine Hosen immer die Angewohnheit, gleich wieder herunterzurutschen, ganz gleich wie eng oder weit ich den Gürtel stelle. Und für mein Oberteil habe ich mich für meinen Lieblingspullover entschieden. Er hat früher Lucas gehört und ist deshalb besonders groß. Und weich.

Mir doch egal, ob Joana und ihre Freundinnen lieber viel zu figurbetonende Sachen tragen wollen. Okay, es ist mir nicht egal. Sonst hätte ich nicht so viel Zeit vor dem Koffer verbracht und überlegt, was ich anziehen soll. Aber wenigstens habe ich dabei nicht darüber nachdenken müssen, was mich bei dieser Versammlung erwartet. Jetzt, wo ich bereits die Türklinke in der Hand habe und dabei bin, mein Gästezimmer zu verlassen, kommt genau dieser Gedanke zurück. Wer geht noch auf diese Schule? Werde ich hier Anschluss finden? Oder am Ende ganz allein dastehen, wenn Joana ihre andere Art von Magie wirkt und mich zur Außenseiterin werden lässt?

Ich hasse es, die Neue zu sein und nicht zu wissen, was mich erwartet. Früher bin ich dann allzu oft als Freak abgestempelt worden, nicht zuletzt, weil mir der Ruf meiner Mutter als verrückte Wahrsagerin vorausgeeilt ist. Aber jetzt ist da nicht nur diese besondere Gabe, die Zukunft vorhersagen zu können, sondern vor allem auch Magie, die ich noch immer nicht steuern kann. Ich schlucke und atme tief durch.

»Keine Angst, sie werden dich nicht beißen«, versichert mir Professor Paoli, als ich schließlich doch aus der Tür heraustrete. Das Lächeln, mit dem sie mich vorhin versucht hat, aus dem Bett zu locken, sieht nun alles andere als überzeugend aus. Ihre Augen strahlen dabei nicht mehr so wie vorhin, sodass es ziemlich gekünstelt wirkt, als wüsste sie, dass einige ihrer Schülerinnen nicht die Nettesten sind.

Die Schulleiterin führt mich über den gleichen Weg wie Mrs. Crumple gestern zurück in die Eingangshalle. Das in Leder gebundene Buch mit all den Namen der Hexen, die jemals nach White Oak kommen werden oder schon gekommen sind, liegt auf einem Tisch auf der einen Seite der Eingangshalle. Dass ich da wirklich nicht drinstehe … Naja, Magie ist sicher auch nicht unfehlbar. Trotzdem würde ich es selbst gerne überprüfen. Vielleicht hat Mrs. Crumple nicht mehr die besten Augen oder meinen Namen einfach übersehen …

Professor Paoli steuert eine Tür direkt unter der Galerie an, die in einen weiteren Gang führt und von dort aus in einen der vier Türme, die ich schon von außerhalb des Anwesens gesehen habe.

»Der Morgensaal«, flüstert sie mir zu, bevor sie die Türen aufstößt und erhobenen Hauptes eintritt.

Ich weiß, dass sie von mir erwartet, ihr zu folgen, aber dazu bin ich noch nicht bereit. Wie schon vorhin, als ich mich nicht gegen Joanas Angriff gewehrt habe, kann ich mich nicht bewegen. Von meinem Platz am Ende des Ganges aus sehe ich, dass der Raum bereits gut gefüllt ist. Einige der Anwesenden müssen sogar stehen, weil es keine Sitzmöglichkeiten mehr gibt. Aber Joana und ihre beiden Freundinnen haben natürlich den besten Platz auf einem sehr gemütlich aussehenden Samtsofa gefunden. Überhaupt haben sich alle in kleinen Grüppchen zusammengefunden. Zwei Schülerinnen, die schon Mitte zwanzig sein müssen, sitzen auf einer breiten Fensterbank. Das Mädchen, das vorhin den Bademantel getragen hat, mit zwei weiteren auf einer anderen Bank. Hinten am Rand lehnen einige ältere Leute, die ich für das Personal oder vielleicht für die restlichen Professoren halte.

»Isa, kommst du?« Die Stimme der Schulleiterin dringt hinaus zu mir auf den Gang. Ich atme tief durch und nicke, auch wenn ich mir nicht sicher bin, ob sie mich überhaupt sehen kann. Ich denke an das, was Mum mir gesagt hat, bevor ich gegangen bin. Dass der Thron des Hexenkönigs nicht ganz so sicher ist wie der der Queen. So abwegig und größenwahnsinnig das auch ist, gibt mir die Erinnerung an diesen Moment und Mums zuversichtliche Stimme neue Kraft, die ich brauche, um mich in die Höhle der Löwen zu begeben.

Außer dass ich bei dieser Versammlung als die neue Schülerin vorgestellt werde, was Mrs. Crumple einen noch finsteren Gesichtsausdruck entlockt, bekomme ich nicht viel mit. Keine Ahnung, was sie besprechen. Ich bin viel zu beschäftigt, mich genau umzusehen. Joana und ihre Freundinnen habe ich bereits kennengelernt, und das Mädchen mit dem Bademantel ebenfalls. Ich frage mich, ob ihre beiden Sitznachbarinnen ebenso merkwürdig sind wie sie. Eine der beiden, die selbst Joana um ein paar Zentimeter überragen dürfte, in Länge und Breite, lächelt mich freundlich an. Hm, ob das echt ist? Oder steckt sie am Ende mit Joana unter einer Decke?

Besser, ich bleibe wachsam und sehe mich weiter um, bevor ich irgendeine Entscheidung treffe, jemandem zu trauen oder nicht. Bevor ich irgendjemanden etwas über mich verrate. Den Fehler habe ich das letzte Mal bei meinem Wechsel auf die Privatschule gemacht. Einmal und nie wieder.

Während Joana und ihre Freundinnen aussehen, als würden sie gleich in irgendeinem Teeniedrama mitspielen, sind die anderen Schülerinnen dezenter gekleidet. Aber ich habe Glück gehabt, denn die meisten von ihnen tragen tatsächlich schwarz. Ohne die Spinnen und Fledermäuse natürlich.

Und ehe ich es mich versehe, ist die Versammlung vorbei. Mrs. Crumple verlässt zuerst den Raum, gefolgt von den anderen älteren Anwesenden. Eine von ihnen, die in mindestens ebenso bunte Kleidung gehüllt ist wie Professor Paoli selbst, gesellt sich zur Schulleiterin und sie ziehen sich in eine der Ecken im Gang zurück, um leise miteinander zu sprechen. Wieder atme ich tief durch und überlege, was ich jetzt tun soll. Ich habe nicht mitbekommen, was als nächstes ansteht, und bleibe unschlüssig im Raum stehen.

Joanas Freundin, Blondie, die sie vorhin Violet genannt hat, nimmt mir die Entscheidung allerdings ab. Als die Lehrer längst weg sind und nicht sehen können, was vor sich geht, macht sie mit ihrer Hand eine wegwerfende Bewegung, die mir nur allzu vertraut vorkommt. Irgendetwas Fremdes, Bösartiges reißt mich von den Füßen, wirbelt mich durch die Luft, als wäre ich bloß ein vertrocknetes Herbstblatt, wie sie draußen auf der Brücke zu Hauf gelegen haben. Noch bevor ich wirklich weiß, was passiert, spüre ich bereits den Aufprall gegen die Mauer und sinke an ihr herab.

»Herzlich willkommen auf White Oak, Bitch«, ertönt Joanas Stimme, ehe alles um mich herum schwarz wird und ich in einem Meer aus Schmerz und Angst ertrinke.

Was für eine Ironie, denke ich, bevor ich das Bewusstsein verliere.

KAPITEL 5

Big Sage

Im Gegensatz zu einigen anderen bin ich nicht ganz so überrascht über unsere neue Mitschülerin. Weil das Fenster unseres Zimmers zwei Stockwerke über der Eingangshalle liegt, haben wir gestern schon mitbekommen, wie jemand geläutet hat. Aber nicht wirklich, was daraus geworden oder wer es gewesen ist. Es muss diese Eloisa Finchley sein, die uns Professor Paoli gerade erst vorgestellt hat. Normalerweise werden wir nicht von neuen Schülern überrascht. Durch das Buch wissen wir ungefähr, wenn jemand zu uns stößt, so wie Lucy vor ein paar Wochen, oder Milla direkt vor ihr. Selbst Zufällige wie ich stehen darin. Also warum hat uns Professor Paoli nichts von unserem neuesten Zuwachs erzählt?

»Meinst du, ich kann einen von Miss Marthas Puddings rausschmuggeln, Abigail Sage?«, fragt Milla neben mir, als wir uns alle erheben und auf den Weg zum Frühstücksraum machen.

»Ich würde es lieber nicht versuchen. Du weißt, wie sie darauf reagiert, wenn man ihr Essen klaut. Lucy kann da ein Liedchen von singen«, entgegne ich und stoße meine andere Mitbewohnerin in die Rippen, die sich immer deutlich unter ihren Shirts und Blusen abzeichnen. Darum beneide ich sie, denn sie kann essen, was sie will und nimmt doch nicht zu. Angeblich hat das etwas mit dem Fluch zu tun, der auf ihrer Familie lastet. Magische Kräfte hin oder her, ich glaube nicht wirklich daran. Man ist seines eigenes Glückes Schmied und hat das Schicksal in der Hand. Niemand kann mir erzählen, dass ich verflucht bin und deswegen ein eintöniges Leben führen muss wie all die weiblichen Vorfahren vor mir. Nein, nicht mit mir, aber Lucy ist mittlerweile fest davon überzeugt.

»Warum? Was ist denn passiert?«, fragt Milla leise neben uns, ehe ein ohrenbetäubendes Scheppern ertönt. Wie immer, wenn sie erschrickt, klammert sich Milla an mich, während Lucy und ich uns nach dem Geräusch umdrehen, bereit, unsere Kräfte einzusetzen und uns notfalls zu verteidigen. Wäre ja nicht das erste Mal, vor allem, seitdem Joana an Gefolgschaft dazugewonnen hat.

Dieses Mal gilt der Angriff allerdings nicht uns, sondern der Neuen. Mit einem leisen Stöhnen sackt sie im Morgensaal auf dem Boden zusammen, während Joana und ihre beiden Freundinnen in lautes Lachen ausbrechen und in Richtung Frühstückszimmer davonstolzieren. Auf dem Weg hinaus werfen sie uns dreien einen finsteren Blick zu. Wahrscheinlich sollen wir uns von der Neuen fernhalten, aber ich bin kein sonderlich großer Fan von den Anweisungen, die mir die Möchtegernprinzessin gibt. Sie hat mir nichts zu sagen, niemand hat mir etwas zu sagen, außer die Professoren oder der Hexenkönig höchstpersönlich. Und selbst von dem halte ich nicht gerade viel, wenn er eine Tochter wie Joana fabriziert hat.

»Shit! Meinst du …?«, fragt Lucy und lässt sich neben Eloisa auf den Boden sinken. Ich weiß, was sie sagen will, aber ich glaube nicht, dass Joana das wagen würde. Selbst ihr royaler Vater kann sie nicht davor schützen, bestraft zu werden, wenn sie eine von uns wirklich auf dem Gewissen hat. Alles andere mag man ihr durchgehen lassen, aber das halte ich für unmöglich.

Ich schüttle den Kopf und versuche gleichzeitig, Millas verkrampfte Finger aus meiner Strickjacke zu lösen.

»Lass mich los, verdammt«, zische ich ihr zu, weil sie mich wie ein Anker an meinem Platz hält. Für ihre Größe ist sie überraschend stark.

Milla gehorcht mir, sodass ich mich neben Lucy hocken kann, um die Neue zu untersuchen. Als ich sie da so hilflos und verletzt vor mir liegen sehe, bin ich an meine ersten Tage an White Oak erinnert. Professor Paoli hat es zwar nicht erwähnt, aber es ist ziemlich offensichtlich, dass sie eine Zufällige ist wie ich. Wir haben unser Leben lang keine Ahnung von dieser zweiten, gefährlichen Welt. Der Nachtwelt. Ganz im Gegenteil zu Joana und ihren Witch-Bitches. Ich kann mir ziemlich genau vorstellen, was die Neue durchmachen muss und treffe eine Entscheidung, bevor ich länger darüber nachdenken kann. Eloisa gehört zu uns. Ich werde mich auf ihre Seite stellen, sollte Joana sie noch einmal angreifen. Das wird nicht nur für mich Konsequenzen haben, aber weil Lucy direkt neben mir mindestens genauso besorgt wirkt, glaube ich nicht, dass sie mir diese Entscheidung übelnehmen könnte. Wir stehen sowieso schon auf der Abschussliste der Möchtegernprinzessin. Und wie heißt es so schön: je mehr, desto besser.

»Hey? Hey, Eloisa, geht es dir gut?«, frage ich und schüttle das leblose schwarze Bündel vor mir. Wieder ertönt ein Stöhnen, ehe ein Beben durch sie fährt und sie sich langsam aufsetzt.

»Keine Sorge, ich tu dir nichts«, sage ich, weil ich spüre, wie die Magie in ihrem Inneren erwacht. Und was für Magie. Da kann sich Joana aber ganz schön warm anziehen, sobald die Neue gelernt hat, damit umzugehen.

»Okay, setz sich ganz vorsichtig auf und atmet tief durch. Das hilft meistens, wenn dich jemand durch die Luft geschleudert hat«, sage ich, auch wenn ich damit nicht so wirklich große Erfahrung habe. Sagen wir es mal so, ich bin nicht gerade die Kleinste und auch nicht die Dünnste von uns allen hier in der Schule. Da ist schon einiges an Magie und Konzentration nötig, um mich wie einen Flummi durch die Luft schmeißen zu können. Joana hat das jedenfalls noch nicht versucht, wahrscheinlich, weil ich für sie rein äußerlich keine Bedrohung darstelle. Lucy dagegen hat schon das ein oder andere Mal mit der Wand gekuschelt und sonstige magische Streiche aushalten müssen. Die Lehrer und selbst Professor Paoli sehen das nicht so eng. Angeblich würde das doch nur unseren Umgang mit Magie fördern und uns auf ein Leben außerhalb der schützenden Mauern White Oaks vorbereiten. Na, vielen lieben Dank auch!

»Also, ich sehe hier keine Platzwunde. Da bist du noch mal gut davongekommen«, sagt Lucy, während sie Eloisas Kopf abtastet und ihre Hand kaum merklich über ihren Hinterkopf fährt. An Lucys erstem Tag ist es für sie nicht gerade glimpflich ausgegangen. Danach hat sie ein paar Tage lang im Dachgeschoss des Mitternachtssaals gelegen, wo wir anderen gelernt haben, wie man Kopfwunden magisch heilen kann. Ich muss nicht sagen, dass Lucy unser Versuchskaninchen war, oder? Um es mit Professor Basils Worten zu sagen: Man muss nehmen, was man kriegen kann.

Viel haben die Professoren nicht unternehmen können. Joana ist und bleibt die Tochter des Hexenkönigs und der ist nun mal der gefährlichste Mann der Nachtwelt Britannias. Während meiner Zeit hier an White Oak habe ich so einige Gerüchte gehört, von denen ich teils noch immer Albträume bekomme.

»Danke«, stößt die Neue unter zusammengebissenen Zähnen hervor und stemmt sich hoch, anstatt meiner Anweisung zu folgen. Keine Sekunde später zuckt sie zusammen und lässt sich wieder an der Wand heruntergleiten.

»Mach dir wegen denen keinen Kopf. Sie glauben, sie können sich alles erlauben, nur weil ihre Familien zu den mächtigsten in der Nachtwelt zählen. Aber mit Freunden an deiner Seite sind sie gar nicht mehr so gefährlich«, versuche ich sie zu beruhigen und lege ihr aufmunternd den Arm um die Schulter. Dabei denke ich unweigerlich an meinen ersten Tag zurück, an jeden ersten Tag, den ich bisher in meinem Leben durchgemacht habe.

Wie sehr ich mir immer gewünscht habe, dass jemand genau das zu mir sagt, auch wenn es eigentlich keinen Unterschied macht. Am Ende sind es nur Worte. Eigentlich sind es doch die Taten, die zählen.

»Tja, daran mangelt es mir gerade ein bisschen«, murmelt die Neue und wirft mir einen Blick zu, bei dem ich mir nicht sicher bin, was er zu bedeuten hat. Fast so, als fürchte sie, dass ich es Joana gleichtun und sie wieder gegen die Wand schleudern würde. Oder Schlimmeres … Aber das werde ich nicht, nicht mit ihr. Wenn es eine Schülerin an dieser Schule gibt, gegen die ich jemals die Hand erheben würde, dann ist das definitiv die Möchtegernprinzessin höchstpersönlich. Oder das Blondchen.

»Ach, was, drei sind doch schon mal ein guter Anfang«, sage ich und werfe Lucy und Milla einen vielsagenden Blick zu.

Lucy versteht sofort und nickt bestätigend, kommt noch etwas näher, um Eloisa von der anderen Seite den Arm um die Schulter zu legen. Milla, die mit Fremden nicht unbedingt gut kann, bleibt lieber auf Abstand und starrt mich aus großen Augen an. Das ist so ziemlich die einzige Regung, die ich jemals an ihr gesehen habe, wenn sie nicht gerade ihren Blick in die Ferne richtet, als wäre sie mit den Gedanken gerade ganz woanders.

»Danke, aber ich komme auch ganz gut allein zurecht.« Die Neue windet sich aus unserem Griff. Dabei streift meine Hand ihren Hals, wodurch ich ihre Angst überdeutlich spüren kann. Gemeinsam mit ihrer Magie brodelt sie in ihrem Inneren, allerdings noch halbwegs kontrolliert, sodass kein Unglück passiert. In den ersten Wochen auf White Oak spielen die Kräfte der neuen Schüler meistens ziemlich verrückt. Vor allem dann, wenn es eine zufällige Hexe ist und keine, die in der Nachtwelt aufgewachsen ist. Da kann ich ein Lied von singen, schließlich hat keiner in meiner Familie nennenswerte magische Kräfte. Dass es so etwas überhaupt gibt, habe ich nie für möglich gehalten, bis ich dann plötzlich selbst welche entwickelt habe. Das war alles andere als cool und so ganz ohne Schlangen, die ich damit aus ihren Käfigen befreit habe wie bei Harry Potter.

»Das haben wir ja gesehen, dass du allein zurechtkommst«, meint Lucy und kassiert einen Stoß in die Rippen. Manchmal ist sie einfach viel zu vorlaut.

»Wir haben noch ein Bett bei uns frei. Du brauchst doch sowieso noch ein Zimmer, oder? Ich glaube nicht, dass du bei Joana, Violet und Tamsin willkommen bist. Und das Zimmer der älteren Schülerinnen ist schon voll«, sage ich. Erst als die Worte raus sind, merke ich, was ich gerade getan habe, ohne die anderen zwei zu fragen. Während Millas Blick noch erstaunter wird, reicht Lucy der Neuen die Hand, um sie hochzuziehen. Ganz vorsichtig natürlich, schließlich weiß sie, was so einen Schlag gegen die Wand mit einem anstellen kann. Vor allem mit dem Ego.

»Das ist aber nicht der Weg zum Frühstückszimmer«, sagt Milla, als wir statt dem Gang zu folgen, zum Büro der Schulleiterin abbiegen.

»Frühstück gibt es heute ein bisschen später«, entgegne ich und drücke ihr die Schulter, was sie etwas zu beruhigen scheint. Dieses Mädchen ist fast wie ein Schweizer Uhrwerk. Wenn nicht alles haargenau zur selben Zeit an jedem Tag passiert, wird sie nervös.

»Aber ich wollte doch noch einen zweiten Pudding«, protestiert sie, merkt aber schnell selbst, dass es zwecklos ist. Es gibt jetzt Wichtigeres als Pudding zu bedenken.

»Haben wir was angestellt?«, fragt Milla, als wir vor Professor Paolis Büro stehenbleiben. Ich schüttle bloß den Kopf, während Lucy anklopft und die Tür keine Sekunde später mit einem Schwall Magie aufgerissen wird.

»Na, das nenne ich mal eine Überraschung«, begrüßt uns die Schulleiterin, als wir zu viert eintreten. Eloisa klammert sich noch immer an Lucy, die sie trotz ihres Hungerhakenkörpers aufrecht halten kann.

»Was gibt's?«

»Also, … Wir haben uns gefragt …«, setze ich an, bin mir aber nicht sicher, ob unser Entschluss auch zur Planung der Schulleiterin passt. Professor Paoli ist meistens ziemlich eigen, was die Strukturierung der Stundenpläne und der Zimmerbelegung angeht.

»Nun raus mit der Sprache, Abigail«, fordert sie und ist damit so ziemlich die einzige hier in White Oak, die mich tatsächlich bei meinem Vornamen nennt.

»Wir haben uns gefragt, ob die Neue bei uns einziehen kann«, bringt Lucy schließlich hervor und am liebsten hätte ich ihr wieder in die Rippen gestoßen, nur steht mir dieses Mal Eloisa im Weg.

Die Neue. Kann Lucy nicht einfach ihren Namen sagen? Offenbar hat Lucy vergessen, wie es sich anfühlt, die Neue zu sein, als Joana sie das letzte Mal zu fest gegen die Wand gedonnert hat.

»Das nenne ich mal Einsatz, Mädchen. Ich hatte sowieso vorgehabt, Isa bei euch einzuquartieren, wollte aber erst mit euch persönlich sprechen, bevor ich irgendetwas festlege«, entgegnet die Schulleiterin und schenkt uns eines ihrer strahlenden Lächeln. White Oak wäre nur halb so lebendig oder farbenfroh ohne Professor Paoli und ihre knallbunten Kleider und das breite Grinsen, das sie uns gerade entgegenstreckt.

»Heißt das, es ist okay?«, frage ich, weil ich nicht damit gerechnet habe, dass sie so schnell zustimmt.

»Ihr habt die ganze erste Stunde Zeit, um Isa beim Einziehen zu helfen und ihr die Schule zu zeigen. Danach erwarte ich wieder Anwesenheit in allen Klassen, verstanden?«, fragt sie und blickt uns allen einzeln in die Augen. Und wenn Morgaine Paoli dir in die Augen schaut und dich etwas fragt, dann hast du zu antworten, wie sie es sich vorstellt, oder es gibt Ärger. Also nicken wir alle, sogar Milla. Professor Paolis Blick entspannt sich und im nächsten Moment wird die Tür erneut von ihrer Magie aufgerissen.

»Nun denn, frohes Schaffen!«, wünscht uns die Schulleiterin, bevor sie sich wieder über die Papierbögen beugt, die vor ihr auf dem Tisch liegen, und uns keines Blickes mehr würdigt.

»Besser gelaufen, als ich gedacht habe«, sagt Lucy und bedeutet Isa, ihr auf den Gang zu folgen.

»Abigail Sage, heißt das, wir sind jetzt zu viert?«, fragt Milla, während sie Isa und die Schulleiterin auf dem Weg nach draußen abwechselnd anstarrt, bis sich die Tür ohne unser Zutun hinter uns schließt.

Ich kann ein Lachen nicht unterdrücken und nehme unsere schüchterne Mitbewohnerin fest in die Arme.

»Ja, das sind wir wohl.«

KAPITEL 6

Isa

Als wir Professor Paolis Büro verlassen, dämmert mir erst, was gerade passiert ist. Habe ich eben nicht noch gesagt, dass ich mir Zeit lassen werde, um meine Mitschülerinnen besser einschätzen zu können? Der Schlag gegen die Wand muss etwas mit meinem Entschluss vorhin angestellt haben, dass ich ihn zwischenzeitlich vergessen habe. Denn jetzt befinden wir uns auf dem Weg zum Zimmer der drei Mädchen, die mich ganz einfach so, ohne Gegenleistung, bei sich aufgenommen haben. Mein Bauchgefühl sagt mir zwar, dass ich ihnen trauen kann, aber trotzdem bleibe ich wachsam. Manchmal trügt der Schein, und dann kann mich selbst meine Intuition nicht retten.

Bei Joana und ihren beiden Freundinnen, die Sage komischerweise wie ich Witch-Bitches nennt, während sie sich über ihr überhebliches Gehabe auslässt, wandelt sich dieses Bauchgefühl in regelrechte Bauchschmerzen um. Der Stoß gegen die Wand war vermutlich nur der Anfang. Eine kleine Warnung, wo noch so viel mehr Gefahr lauert. Mittlerweile weiß ich, was diese magischen Kräfte ausrichten können, und ich habe das Gefühl, dass es mit den Witch-Bitches nur noch schlimmer wird, als einfach durch die Luft geschleudert zu werden.

»Keine Sorge. Das hört irgendwann auf«, flüstert mir Lucy zu, die mich noch immer festhält, weil sich meine Beine wie Pudding anfühlen. Es ist eine Sache jemanden durch die Luft zu schleudern, aber eine ganz andere, selbst zum Opfer der Magie zu werden. Mein Rücken ist ein einziges Meer aus Schmerz, selbst mein Kopf dröhnt bei jedem Schritt, den wir auf dem alten Parkett zurücklegen, als wären es Donnerschläge.

»Und am besten erholt man sich davon mit Essen«, stimmt Sage zu, als wir das Ende des Gangs erreichen. Eine breite Tür mit eingeschnitzten Früchten und Ähren steht weit geöffnet. Sie führt in einen Saal, aus dessen Inneren der Duft nach Waffeln und frisch gepresstem Orangensaft zu uns nach draußen weht. Selbst vom Gang aus kann ich Joanas glockenhelles Lachen hören, als stünde sie direkt neben mir. Sofort versteift sich mein Körper, wieder kann ich mich nicht bewegen. Was ist denn nur los mit mir? Sonst habe ich doch auch nicht so viel Schiss vor irgendwelchen Tussis gehabt. Die haben mich aber auch nicht einfach so durch die Luft schleudern oder mich in eine Kröte, oder was auch immer, verwandeln können.

»Besorgt uns schon mal was zu essen, dann zeige ich Isa den Rest des Erdgeschosses. Wir treffen uns dann in zehn Minuten oben auf dem Zimmer«, weist Sage die anderen beiden an, als spüre sie, dass ich mich vor der nächsten Auseinandersetzung mit

Joana fürchte. Ja, fürchte, so ungern ich das auch zugebe, aber sie ist einfach viel stärker als ich. Und sie kann ihre Magie kontrollieren.

Sage führt mich den Gang entlang, an dessen Wänden sich die rotgestreifte Tapete ablöst, während Spinnen in den Ecken und Ritzen geschäftig ihre Nester spinnen. Damit wird White Oak meinen Vorstellungen von einer Hexenschule nur mehr als gerecht.

»Also, das hier ist der Speisesaal. Da gibt es dreimal am Tag warmes Essen, das Miss Martha gekocht hat«, erklärt Sage und deutet auf die noch immer geöffnete Tür, durch die Lucy und Milla gerade verschwinden. »Wenn wir hier weitergehen, kommen wir zum Wassersaal, wo wir hauptsächlich daran arbeiten, uns auf unsere Magie zu konzentrieren. Und hier ist noch die Bibliothek, der einzige Raum in ganz White Oak, der sich über drei Stockwerke erstreckt.«

»Drei Stockwerke?« Ich kann die Vorfreude und Verwunderung nicht aus meiner Stimme heraushalten, als ich vorsichtig eine Hand auf die Tür lege. In das rissige Holz sind aufgeschlagene Bücher eingeritzt, die mit abblätterndem Gold veredelt worden sind. Es fühlt sich warm unter meinen Fingern an, einladend, als wolle es mich dazu bringen, einzutreten. Ich fahre über einige der Risse im Holz und spüre, wie etwas von der Goldschicht an meinen Fingerspitzen hängenbleibt. Sofort ziehe ich meine Hand wieder zurück, aus Angst, den Verfall dieses kleinen Kunstwerks dadurch nur noch mehr zu beschleunigen.

»Bis unters Dach«, bestätigt Sage mit einem Nicken und öffnet, ohne eine Miene zu verziehen, die Tür. Statt vorauszugehen, überlässt sie mir den Vortritt, und ich folge ihrer stummen Aufforderung nur allzu gerne. Dass die Akademie ziemlich hoch ist, habe ich ja schon gesehen, als ich hier angekommen bin. Auf der Insel mitten im Loch Codwyll ist nicht viel Platz, also ist das Gebäude über die Jahrhunderte hinweg eher in die Höhe gewachsen, anstatt mehr Land in Beschlag zu nehmen. Wie hoch die Schule tatsächlich ist, zeigt sich erst, als die vielen Bücherregale meine Aufmerksamkeit erregen. Sie sind gigantisch und erstrecken sich tatsächlich bis unters Dach. Überall stehen dicke weiße Kerzen, die sich von selbst entzünden, als wir eintreten, und selbst auf den breiten Dachbalken sind weitere Bretter eingebaut worden, um noch mehr Bücher verstauen zu können.

»Wie kommt man denn da hoch?«, frage ich, weil ich nirgends eine Leiter oder eine Treppe sehe, um an die obersten Bücher heranzukommen. Offenbar findet Sage meine Frage komisch, weil sie in lautes Lachen ausbricht und den Kopf schüttelt.

»Gar nicht.« Sie hebt die Hand und wedelt damit kurz in der Luft herum, als wolle sie eine Fliege vertreiben, oder die neue Mitschülerin gegen die nächste Wand zaubern wie Violet und Joana vorhin. Aber meine Füße bleiben wo sie sind, stattdessen rieselt zunächst etwas Staub auf uns herab, ehe sich ein Buch aus einem der Regalfächer unter dem Dach in Bewegung setzt und langsam zu uns herunter schwebt. Auf den letzten Metern beschleunigt es sich und fällt schließlich auf eines der Lesepulte, was nur noch mehr Staub aufwirbelt.

»Das hätte ich mir eigentlich denken können«, murmele ich vor mich hin, was Sage nur wieder ein Lachen entlockt, das sich wegen all des Staubs aber ziemlich schnell in Husten umwandelt.

»Keine Sorge, da gewöhnt man sie schon irgendwann dran. Hat bei mir auch etwas gedauert. Ich bin wie du eine Zufällige«, sagt sie und schenkt mir ein wissendes Lächeln, wobei sich in meinem Gehirn nur Fragezeichen auftun. *Zufällige ...?* Diesen Begriff hat Joana auch verwendet, als sie in meinem Gästezimmer aufgetaucht ist.

»Und das heißt jetzt was?«, frage ich sie, schließlich kann ich nie früh genug damit anfangen, etwas mehr über diese neue Welt zu lernen.

»Du bist eine zufällige Hexe. Eine *Random Witch*. Jemand, der magische Kräfte hat, ohne dass sie vererbt wurden. Oder sind deine Eltern auch Hexen?«, fragt Sage und runzelt die Stirn. »Dann müsstest du aber auch wissen, wie das hier funktioniert. Zumindest theoretisch.« Sie macht eine ausladende Geste, die wohl die gesamte magische Welt einschließen soll.

»Nicht, dass ich wüsste. Aber sie arbeiten für das Institut, falls dir das was sagt«, entgegne ich in der Hoffnung, etwas mehr über diese seltsame Organisation herauszufinden, die dafür verantwortlich ist, dass niemand weiß, woher ich eigentlich komme.

»Ehrlich?«, fragt sie und die Falten auf ihrer Stirn werden noch tiefer. In diesem Moment hat sie ziemlich große Ähnlichkeit mit Madame Cavani, einer Freundin von Mum und ebenfalls Wahrsagerin in London. Sie benutzt allerdings Hühnerknochen und andere tierische Hinterlassenschaften, um die Zukunft vorherzusagen. Das erklärt wohl auch, warum sie recht wenige Kunden hat.

»Ist das denn so etwas Besonderes?«

»Natürlich. Das ist fast so, als würdest du für den Hexenkönig persönlich arbeiten. Nur dass die beiden ziemlich unterschiedlicher Meinung sind, was die Belange der Nachtwelt angeht«, erklärt sie und lässt dadurch meine Bauchschmerzen schlimmer werden. Das heißt, dass Joana und ich einmal mehr auf unterschiedlichen Seiten stehen. Und das könnte mitunter Krieg bedeuten. Nicht, dass ich tatsächlich für das Institut arbeiten würde, oder überhaupt irgendetwas, was sie tun, für gut halte, aber trotzdem … Es könnte mir ja schon Schwierigkeiten bereiten, wenn sie herausfindet, dass Mum und Dad für diese Organisation arbeiten. Mal abgesehen davon, dass Joana und ihre Freundinnen ganz offensichtlich etwas gegen Zufällige zu haben scheinen. Und anscheinend bin ich eine von ihnen, es sei denn, es stellt sich heraus, dass meine leiblichen Eltern auch zur Nachtwelt gehören und mir ihre gefährlichen Kräfte vererbt haben.

»Das Institut ist dafür zuständig, dass die Nachtwelt weiter erforscht wird und so. Und diese Forschungsergebnisse bekommt natürlich der Hexenkönig persönlich geliefert. Was er damit macht, ist meistens etwas ganz anderes, als das Institut vorhatte. So ist das eben mit den reichen Familien. Sie wollen immer nur noch mehr von dem, was sie schon haben. Mehr Macht, mehr Geld, mehr

Einfluss. Das behältst du besser erstmal für dich«, rät mir Sage und lässt das Buch, das sie aus dem obersten Regal geholt hat, wieder zurück schweben. »Zumindest, bis du deine Kräfte kontrollieren kannst.«

Da hat sie wohl recht. Aber wie lange das dauern wird, kann sie mir wohl auch nicht sagen. Als ich sie danach frage, zuckt sie bloß mit den Schultern. »Bei jedem unterschiedlich. Selbst bei denen, die mit Magie aufgewachsen sind.«

Die zehn Minuten für den Rundgang sind schon lange überschritten, als wir die Treppen hinaufsteigen, um das Dachgeschoss zu erreichen.

»Wir haben das Stockwerk so ziemlich für uns. Es gibt zwar noch einige Gästezimmer den Gang runter, aber hier wird so gut wie niemand einquartiert. Und wir haben den besten Blick, wenn Besucher kommen«, sagt Sage, als sie gerade die Tür zu ihrem Zimmer aufdrückt, wo Lucy und Milla bereits auf dem Boden sitzen und frühstücken.

Als sie uns eintreten hört, zuckt Milla zusammen und weicht in eine Ecke zurück. Den Bademantel, in dem ich sie heute Morgen schon gesehen habe, umhüllt ihren schmalen Körper wie eine schützende Decke, sodass sie fast darin versinkt. Nur ihre Hände schauen gerade noch so heraus, damit sie den Cookie festhalten kann, den sie sich von ihrem Frühstücksbuffet in der Mitte des Zimmers geschnappt hat.

»Setz dich, ich hab' nur das Beste von Miss Martha organisiert, und dieses Mal war es sogar okay, dass wir Essen rausgeschmuggelt haben«, sagt Lucy mit einem breiten Grinsen, eine Schüssel mit Pudding in der Hand. Sie dreht sich zu Milla um und prostet ihr damit zu. Erst da sehe ich, dass Milla mit der anderen Hand ebenfalls einen Pudding festhält, als würde ich ihn ihr jede Sekunde klauen wollen.

»Na siehst du, du hast ja doch bekommen, was du wolltest«, sagt Sage zu unserer verschwiegenen Mitbewohnerin und lässt sich neben Lucy auf den Boden fallen.

Ich zögere noch einen Moment, weil ich noch immer fürchte, dass der Schein trügt und sie mit Joana unter einer Decke stecken. Warum auch nicht, schließlich kann es nicht schaden, die Tochter des Hexenkönigs auf seiner Seite zu haben. Wieso sonst hätten sie mich so schnell bei sich aufnehmen sollen? Ich an ihrer Stelle hätte eine neue Schülerin erst einmal kennenlernen wollen, bevor ich sie in mein Zimmer lasse. Andererseits … Nein, ich glaube, ich kann den dreien wirklich trauen. So, wie sich Sage mir gegenüber verhalten hat, glaube ich kaum, dass ich jemals ein böses Wort gegen mich aus ihrem Mund hören werde. Dafür ist sie viel zu sehr beschäftigt, mit Lucy über Joana und ihre beiden Freundinnen zu lästern. Ich glaube, hier bin ich wirklich richtig, auch wenn sich das alles im Moment noch ziemlich komisch anfühlt.

Als ich mich zu den beiden setze und mir einen der Cookies schnappe, fühle ich mich für einen Moment in die Küche unseres Hauses zurückversetzt. Dorthin, wo Mum und Dad zusammen mit Lucas und Mike wahrscheinlich auch gerade frühstücken. Ich muss sie unbedingt anrufen, um mich bei meinem kleinen Bruder zu entschuldigen. Jetzt, wo ich weiß, wie es sich anfühlt, werden die Schuldgefühle nur noch schlimmer. Aber zum Glück habe ich etwas, was mich ablenkt. Sage und Lucy erzählen mir allerhand Geschichten über Abenteuer, die sie bereits in White Oak oder draußen im Dorf Codwyll erlebt haben, aber auch von den Lehrern, die ich in den nächsten Stunden noch kennenlernen werde.

Ich bin froh, dass sie sich gleich entschlossen haben, mich bei sich aufzunehmen. Vielleicht lassen mich Joana und ihre Freundinnen tatsächlich in Ruhe, wo ich doch so viel Verstärkung gefunden habe. Aber die Bauchschmerzen wollen einfach nicht ganz verschwinden. Selbst dann nicht, als mir Lucy die zweite Schüssel Pudding vor die Füße stellt. Oder eben gerade deswegen …

KAPITEL 7

Nach unserem ausgiebigen Frühstück mitten auf dem Boden meines neuen Zuhauses helfen mir die drei, meine Sachen vom Gästezimmer am anderen Ende des Anwesens in unser gemeinsames Zimmer zu bringen. Lucy ist nicht gerade begeistert, dass sie plötzlich einen der beiden Kleiderschränke mit mir teilen muss. Sie gibt allerdings nach, als Sage sie daran erinnert, dass sie die Hälfte sowieso nie anzieht. Die Bücher, die ich mitgebracht habe, sortiere ich in das Regal über meinem Bett ein, das sich bis zur Decke erstreckt. Obwohl ich am Ende weit mehr Bücher mitgenommen habe, als geplant, bleibt noch genügend Raum für neue Schätze aus Papier und meinen ganzen anderen Krams. Mein Notizbuch, das ich in den letzten Tagen fast bis zur letzten Seite gefüllt habe, schiebe ich in einem unbeobachteten Moment unter die Matratze. Danach blicke ich mich im Zimmer um. Es fühlt sich komisch an, all meine Besitztümer in weniger als einer halben Stunde an diesem neuen Ort zu verstauen.

Mein Blick fällt auf Milla, die die ganze Zeit über großzügig Sicherheitsabstand gehalten und mich nur aus riesigen braunen Rehaugen von ihrem Bett aus gemustert hat. In der Hand hält sie ein ziemlich mitgenommenes Kuscheltier. Man kann gar nicht mehr erkennen, ob es einst ein Bär oder etwas anderes gewesen ist. Wie alt Milla wohl ist? Auf jeden Fall um einiges jünger als die Mädels und ich. Ob es einen bestimmten Grund gibt, warum magische Kräfte erwachen? Am Alter scheint es schließlich nicht zu liegen, oder? Eigentlich habe ich ja gehofft, in White Oak ein paar Antworten zu bekommen, aber bisher sind nur neue Fragen dazugekommen.

Sage tritt neben mich und betrachtet meine Ecke des Zimmers.

»Viel hast du ja nicht dabei«, sagt sie beim Anblick meiner Habseligkeiten, was mich an den Tag zurückdenken lässt, als ich die beiden Koffer, meine Umhängetasche und den Rucksack gepackt habe. Es hat sich nicht richtig angefühlt, mehr als das mitzunehmen. Aber vielleicht sollte ich Mum doch bitten, mir noch ein paar Sachen zu schicken …

»Okay, die erste Stunde ist fast vorbei. Wir sollten langsam los zu *Fokus*«, meint Lucy mit einem Blick auf die antike Wanduhr, die über Sages Bett am anderen Ende des Zimmers befestigt ist. Lange Pendel hängen von ihr herab und schwingen sanft hin und her, ohne ein Geräusch zu verursachen. Komisch, unsere Uhr zuhause im Wohnzimmer ist immer recht laut gewesen. Ob diese hier verzaubert ist?

Ich reiße mich von den hypnotisierenden Pendeln los und wende mich wieder meinen neuen Mitbewohnerinnen zu, um sie nach dem Fach zu fragen. Für was bitte soll den *Fokus* stehen? Wären Fächer wie *Tränkebrauen* oder *Zaubersprüche* nicht angebrachter für eine Hexenschule?

»Da lernen wir, uns auf die Magie zu konzentrieren und alles andere auszublenden. Gar nicht so leicht, kann ich dir sagen, aber es ist die wichtigste Fähigkeit, die eine Hexe beherrschen muss«, sagt Lucy und öffnet bereits die Tür. Milla schält sich aus ihrem viel zu großen Bademantel, lässt ihn achtlos auf dem Boden liegen und rennt hinaus. Ich glaube, sie ist noch immer nicht mit der Idee warm geworden, dass ich jetzt zu ihrer kleinen Gruppe dazugehöre.

»Mach dir nichts draus, sie ist ein bisschen merkwürdig«, flüstert mir Lucy zu, die Milla ebenfalls hinterherschaut.

»Lucy! Sag das ja nicht, wenn sie dich hören kann«, mahnt Sage, die eigentlich Abigail heißt, und schüttelt den Kopf. Je mehr Zeit ich mit den dreien verbringe, desto mehr kommt mir Sage wie eine Mutter vor, die sich um die anderen beiden kümmert und davon abhält, sich ständig zu streiten.

Zusammen mit Sage und Lucy steige ich die Treppenstufen wieder hinab bis ins Erdgeschoss und folge dem Gang, auf dem sich auch der Speisesaal und die Bibliothek befinden. An seinem Ende führt ein Steinbogen hinaus auf eine überdachte Brücke und von dort aus direkt zu einem der vier Türme, in denen die Unterrichtsräume untergebracht sind. Jetzt verstehe ich auch, warum Sage diesen Raum vorhin den Wassersaal genannt hat. Bis auf die kleine Brücke, die zum Unterrichtsraum führt, ist der gesamte Turm vom Wasser des Sees umgeben, als würde er aus dessen Grund emporwachsen. Glatt und dunkel wie ein schwarzer Spiegel liegt Loch Codwyll links und rechts zu unseren Füßen und regt sich kein bisschen. In der Mitte der Brücke bleibe ich einen Moment lang stehen und lasse meinen Blick über die Landschaft schweifen, die sich jenseits des Sees sanft in die Highlands einfügt. Wälder erstrecken sich rings um den See und lassen es so aussehen, als würde es so bis ans Ende der Welt weitergehen. Als gäbe es kein Codwyll, kein London, nur White Oak inmitten des stillen Sees.

Das Wasser fasziniert mich, weil es so aussieht, als hätte jemand ein gigantisches Fass Tinte hineingekippt. Ich trete noch etwas näher an die Brüstung heran. Wasser hatte immer schon eine beruhigende Wirkung auf mich, deswegen bin ich auch gerne an die Themse gefahren, wenn ich mich gerade wieder mal mit Mum gestritten habe oder meiner chaotischen Familie einfach aus dem Weg gehen wollte.

Als ich die kalte Mauer berühre, sehe ich, wie eine Flosse knapp unter der Wasseroberfläche an uns vorbeischießt. Unter der Brücke hindurch, bis sie in den dunklen Tiefen des Sees verschwunden ist. Aber sie war ziemlich groß, größer als die Fische, die hier eigentlich heimisch sein sollten. Zumindest, wenn man den diversen Schaubildern auf dem Weg zwischen White Oak und Codwyll Glauben schenken darf. An denen bin ich gestern gleich zweimal vorbeigelaufen. Einmal, als mich Mrs. Crumple abgewiesen hat und ich versucht habe, wieder von hier fortzukommen, das zweite Mal, als mich Professor Paoli im Café gefunden und mit zurück zur Schule genommen hat, um mich doch dort aufzunehmen. Manchmal reichen solch kurze Momente schon aus, um mir Dinge zu merken, vor allem wenn es ein Thema ist, das mich interessiert.

»Ach so, bevor ich's vergesse: Versuch nicht zu lachen, wenn Professor Flint spricht«, flüstert mir Sage zu, als ich mich zu ihnen an der Tür zum Wassersaal geselle.

»Wieso? Ist irgendwas mit ihm?«, frage ich, weil er, der einzige Mann an der ganzen Schule, vollkommen normal ausgesehen hat. Sehr vornehm gekleidet, aber das ist sicher nichts Ungewöhnliches.

»Naja, wenn er spricht, hört er sich immer so an, als würde jemand seine Eier zerquetschen«, antwortet Lucy an Sages Stelle, worauf sie gleich wieder einen Stoß in die Rippen erntet.

»Aber man darf doch gar kein Essen auf seinem Zimmer haben«, wirft Milla ein, und macht wieder große Augen. Das erste Mal, dass sie laut und deutlich mit uns spricht, wenn ich in der Nähe bin.

»Da meint sie wohl andere Eier«, murmelt Sage und schiebt Milla, die noch immer nicht zu verstehen scheint, auf die Tür zu. »Lasst uns besser reingehen. Wir sind eh schon spät dran.«

Auch im Inneren macht der Wassersaal seinem Namen alle Ehre. Überall finden sich Glaskolben und Phiolen, die mit Wasser gefüllt sind, Gläser und Kisten voller Sand, sowie allerhand Fische, die man auf Plaketten aufgebracht hat, um sie an die Wand zu hängen. Einige davon erkenne ich von den Schautafeln wieder. Andere wiederum sehen so aus, als wären sie direkt aus irgendeinem fantastischen Roman gesprungen und könnten unmöglich in irgendeinem Gewässer dieser Welt heimisch sein. Oder vielleicht doch?

»Ach, guten Morgen, die Damen, dann sind wir jetzt komplett«, begrüßt uns Professor Flint, als hinter uns die Tür ins Schloss fällt. Ein Glück, dass sie dabei ziemlich laut ist, weil ich mir ein Lachen tatsächlich nicht verkneifen kann. Lucy hat recht gehabt. Professor Flint hört sich tatsächlich so an, als würde jemand sein bestes Stück im Klammergriff festhalten. Seine Stimme ist viel zu hoch, fast schon hysterisch, obwohl er gerade ziemlich ruhig wirkt. Meint man gar nicht, wenn man ihn so ansieht. Denn äußerlich wirkt er perfekt gekleidet, fast schon zu perfekt, als wolle er von seiner piepsigen Stimme ablenken.

»Miss Finchley, nur für Sie zur Erklärung, da Sie neu bei uns sind: das hier ist der Fokus-Unterricht. Hier werden Sie lernen, sich zu konzentrieren, um Ihre Magie bestmöglich einsetzen zu können«, sagt er und tritt von der Mitte des Raums etwas näher zu mir heran. In der anderen Ecke sehe ich bereits, wie Joana und ihre Freundinnen leise miteinander tuscheln und mir immer wieder Blicke zuwerfen.

»Die einzige Aufgabe, die Sie zu Beginn haben, ist einen Gegenstand möglichst lange schweben zu lassen«, erklärt Professor Flint und macht eine Handbewegung durch die Luft, woraufhin eines der Bücher neben uns auf dem Beistelltisch in die

Höhe steigt. Auf dem Einband sind natürlich, wer hätte es gedacht, Fische eingeprägt.

»Also dann: auf, auf!«, ruft Flint und klatscht einmal in die Hände, woraufhin Joana und ihre Freundinnen ihr Gespräch beenden und sich über den Raum verteilen. Meine drei Mitbewohnerinnen tun es ihnen gleich und ziehen kleine Gegenstände aus ihren Hosentaschen hervor, um sie vor sich in der Luft schweben zu lassen. Fasziniert schaue ich ihnen dabei zu, weil es für sie alle so selbstverständlich scheint, Magie zu wirken. Bei allen klappt es auf Anhieb gut, was mir einen kleinen Stich versetzt. Ich bin mir ziemlich sicher, dass ich einige Versuche brauchen werde, bevor ich auch nur annähernd das schaffe, wozu alle anderen bereits in der Lage sind.

»Ähm, Professor Flint? Was soll ich schweben lassen?«, frage ich leise, weil die anderen alle ihre Gegenstände bereits dabeihaben. Ich dagegen habe gar nichts in meinen Taschen, weder Handy, noch Schlüssel, ohne die ich in London nicht das Haus verlassen habe. Nicht einmal mein 5-Pfund schein, den ich für Notfälle in meinem Schuh verstecke, wenn ich in der Stadt unterwegs bin. Nichts, was ich hätte schweben lassen können.

»Oh, natürlich, natürlich. Bitte sehr. Das sollte für den Anfang genügen. Beim nächsten Mal können Sie gerne einen persönlichen Gegenstand mitbringen. Das macht es meistens etwas leichter.« Professor Flint lächelt mir aufmunternd zu, als wüsste er, was gerade in mir vor geht, und drückt mir einen Flusskiesel in die Hand, den er aus einem riesigen Kelch geholt hat, in dem sicher noch

Hunderte weitere liegen. Kaum, dass der Stein meine Handfläche berührt, fühlt es sich so an, als würde Wasser über meine Hand laufen, aber da ist nichts. Nur der Kiesel. Sicherlich nur eine Einbildung, die meine Nervosität in mir hervorruft. Denn eins ist gewiss: Hier im Wassersaal stehe ich direkt auf dem Präsentierteller. Hier können Joana und ihre Freundinnen sofort sehen, dass ich so gut wie gar nichts auf dem Kasten habe, was Magie angeht. Es würde mich nicht wundern, wenn der Stein sich gleich gar nicht bewegt oder mitten auf meiner Hand explodiert und mich wenigstens krankenhausreif zaubert.

Aber ich gebe trotzdem mein Bestes, fokussiere meinen Blick auf den kleinen Kieselstein. Ich präge mir jede einzelne Unebenheit ein, bevor ich ihm gedanklich zu vermitteln versuche, vor mir in der Luft zu schweben. Aber so sehr ich mich auch darauf konzentriere, es funktioniert einfach nicht. Ich probiere es mit leichten Handbewegungen, so wie Sage vorher mit dem Buch oder auch Professor Flint, als er mir demonstriert hat, was ich tun soll. Trotzdem passiert nichts.

Bei den anderen schweben die Gegenstände weiterhin durch die Luft. Hin und wieder hört man ein leises Klacken, wenn einer von ihnen auf den Boden fällt, wenn die Konzentration zu bröckeln begonnen hat, aber immerhin bekommen sie ihre Gegenstände wieder in die Luft. Bei mir tut sich noch immer nichts, und so langsam meldet sich die altbekannte Frustration zurück. Auch wenn ich mit dem Rücken zu Joana und den anderen stehe, so weit am Rand wie möglich, habe ich das Gefühl, dass sie sehen können, wie ich gerade versage.

Wo ist diese verdammte Magie, wenn man sie braucht? Warum kommt sie nicht aus mir hervor, wenn ich sie wirklich einsetzen will? Jetzt hätte sie die Möglichkeit, sich zu verausgaben, anstatt mein Leben zu ruinieren, indem sie wahllos Menschen durch die Luft schleudert und Dinge kaputt gehen lässt.

»Hat nicht mal Anfängerglück, die Neue«, höre ich Joanas Stimme hinter mir. In der letzten halben Stunde ist sie immer näher zu mir gewandert, hat wahrscheinlich sogar absichtlich ihren Gegenstand fallengelassen, um sich Schritt für Schritt vorzuarbeiten. Ihr ausweichen kann ich nicht, weil direkt vor mir die Turmwand in die Höhe wächst. Außerdem hat mich Professor Flint schon zweimal ermahnt, an meinem Platz zu bleiben. Dabei ist seine Stimme so hoch geworden, dass sie einmal sogar gebrochen ist, was mit einem ziemlich heftigen Hustenanfall geendet hat.

Ich muss wohl nicht sagen, dass es mir gar nicht gefällt, wie Joana mir immer näherrückt. So nahe, dass ich den Gegenstand erkenne, den sie für ihre Fokusübung einsetzt. Eine Kette mit einem Anhänger in Dolchform, den sie sicherlich als gefährliches Geschoss einsetzen könnte, sollte ich die Möchtegernprinzessin, wie Sage sie nennt, auch nur ansatzweise verärgern.

Je länger ich versuche, diesen verdammten Stein in die Luft zu bekommen, umso näher kommen mir auch Joanas Freundinnen. Und mit ihnen ihr hämisches Grinsen, das mich nur noch wütender macht. Ich atme tief ein und aus, wie Mum es vor jeder Tarotlesung macht, und versuche, mich zu beruhigen. Mittlerweile habe ich verstanden, dass meine Wut und Verzweiflung nicht die beste Kombination in Verbindung mit Magie sind. Trotzdem kann ich heute leider einfach nicht die nötige Konzentration aufbringen, um sie zu ignorieren. Das macht mich nur noch wütender, was sich unweigerlich auf meine Fähigkeiten auswirkt. Als dann Joana keine zwei Meter von mir entfernt steht und laut vor sich hin lacht, weil ich leise auf meinen Stein einrede, um ihn vielleicht doch noch dazu zu überreden, endlich in die Luft zu steigen, brechen meine Kräfte wieder aus mir hervor. Und diesmal erhebt sich der Stein tatsächlich in die Luft, bleibt allerdings nicht dort stehen, so wie Professor Flint es mir aufgetragen hat. Nein, er verwandelt sich in ein tödliches Geschoss, das blitzschnell auf Joanas Kopf zurauscht. Bevor es sie jedoch erreicht und wie eine Pistolenkugel durch ihren Schädel saust, schnellt Professor Flints Hand dazwischen und lässt den kleinen Flusskiesel zu Staub zerbröseln.

»Miss Finchley, ich glaube, Sie sollten jetzt besser zur Schulleiterin«, sagt er tiefer als sonst, was nicht nur mich die Stirn runzeln lässt. Professor Flint wendet sich dem Pult zu, wo sich Papier und Stifte befinden. Er kritzelt etwas auf einen Zettel, faltet ihn einmal und reicht ihn mir schließlich. Ich bin noch zu erschrocken, um irgendetwas anderes um mich herum mitzubekommen, also greife ich einfach danach und tue, was er mir aufgetragen hat.

Professor Flint wirkt dabei alles andere als erfreut. Auch er sieht, was für eine Versagerin ich bin. Jeder hier hat das gesehen, selbst meine Mitbewohnerinnen, die mir mit ihren mitleidigen Blicken zur Tür folgen.

Versagerin. Das Wort brennt sich wie ein heißes Eisen in meinen Schädel, als ich über die Türschwelle auf die Brücke zurück zum Haupthaus trete.

Versagerin. Ich bin eine Versagerin.

KAPITEL 8

Unter schallendem Gelächter von Joana und ihren Freundinnen verlasse ich den Wassersaal und begebe mich, so schnell ich kann, auf den Weg zu Professor Paolis Büro. Heute Morgen bin ich zu benommen gewesen, um mir den genauen Weg merken zu können, aber zum Glück ist in White Oak alles relativ gut beschriftet, sodass ich das Arbeitszimmer schnell finde. Wie schon vorhin schwingt die Tür auf, kaum dass ich geklopft habe, und Professor Paoli begrüßt mich mit einem breiten Lächeln.

»Solltest du nicht im Unterricht sein?«, fragt sie, als sie mich erkennt und mich mit einer Geste in Richtung der grünen Samtstühle vor ihrem Schreibtisch anweist, mich hinzusetzen. Ich ziehe Professor Flints Notiz aus der Hosentasche hervor und lege sie auf den Tisch, weil ich nicht weiß, was ich sagen soll. So, wie Professor Flint reagiert hat, kann es nur einen Ausweg aus dieser Situation geben, und das sind garantiert Strafarbeiten. Kein Wunder, schließlich habe ich die Prinzessin der Hexen attackiert, wenn auch, ohne es wirklich zu wollen. Obwohl … Irgendwie ja schon.

»Ach, das ist ganz normal in den ersten paar Tagen«, sagt Professor Paoli, nachdem sie die Nachricht ihres Kollegen gelesen hat und lässt den zerknüllten Zettel in die Feuerstelle am anderen Ende des Raums schweben. »Da ist schon weit Schlimmeres passiert. Mach' dir da mal keine Gedanken«, fügt sie hinzu, weil ich das für alles andere als normal halte. Während sie spricht, wird ihr Lächeln noch breiter, den Blick hat sie in die Ferne gerichtet, als würde sie sich an irgendetwas erinnern, das ihr selbst passiert ist.

»Aber ich hätte sie fast getötet«, protestiere ich, weil ich es nur gerecht finde, dass ich dafür bestraft werde. Vielleicht gewöhnt sich mein Unterbewusstsein dann schneller daran, meine Magie besser unter Kontrolle zu halten.

»Sicher hattest du gute Gründe, oder nicht?«, fragt Professor Paoli leise, was mich aufblicken lässt. Die hatte ich tatsächlich.

»Du bist in einer gefährlichen Welt gelandet, Isa. Da ist es nur logisch, dass dich deine Magie manchmal verteidigen möchte«, sagt sie und greift über den Tisch hinweg nach meinen Händen.

»Naja, in den letzten beiden Tagen habe ich wirklich gesehen, was Magie alles anrichten kann«, murmele ich vor mich hin und sehe noch immer Mikes Blut auf dem weißen Dielenboden und seinen leblosen Körper.

»Nicht nur das. Das meinte ich nicht, sondern vielmehr die politischen Strukturen der Nachtwelt. Die Intrigen zwischen den einzelnen Familien, vor allem zwischen den Hexen. Gerade wenn man als Außenseiter hinzukommt und keinen festen Standpunkt hat, keine große Familie mit Einfluss hinter sich, ist es oft nicht leicht, in der Nachtwelt Fuß zu fassen«, sagt sie und klingt dabei traurig, als wüsste sie genau, wovon sie spricht. Ob Professor Paoli auch eine Zufällige ist? Ich halte es für unhöflich, danach zu fragen. Offenbar ist das für die meisten Hexen eine Schande.

»Weißt du, wie der Titel der Hexenkönige vergeben wird?«, fragt Professor Paoli und reißt mich aus meinen Überlegungen. »Natürlich nicht, wie kannst du auch, schließlich weißt du erst seit kurzem von uns«, fügt sie gleich hinzu und schlägt sich die Hand vor den Kopf.

»Früher waren es Königinnen, die dafür gesorgt haben, dass die Nachtwelt vor den Menschen verborgen bleibt. Dass eine gewisse Balance gehalten wird zwischen Natur und Magie, aber einige Männer hatten damit Probleme, vor allem die der Familie Ellis, Violets Familie. Sie halten Frauen grundsätzlich für hysterisch und viel zu unberechenbar, zu selbstsüchtig, als dass sie der magischen Gesellschaft etwas Gutes tun könnten. Also haben sie die letzte Königin kurzerhand abgesetzt«, erzählt Professor Paoli, was mich nicht gerade wundert. Wobei, die Mädchen hier scheinen alle sehr extrovertiert und von sich selbst überzeugt zu sein. Nicht gerade so, als hätten sie eine Erziehung erfahren, in der sie als hysterische kleine Kinder abgespeist wurden, die nichts zu sagen haben.

»Die großen Familien schrecken nicht davor zurück, sich gegenseitig auszulöschen, Isa. Gerade die kleinen, die unbedeutenden von uns, haben es dann noch einmal schwerer, weil sie keinen Schutz haben. Wir haben keine Verbündeten, die sich um uns kümmern, wenn wir gerade einem Attentat entkommen sind. Aber selbst Verbündete können uns nicht immer retten. Manchmal werden sogar ganze Familien ausgelöscht, das letzte Mal ist vor vierzehn Jahren etwas Vergleichbares passiert. Nur die Frau des Hexenkönigs hat überlebt«, fährt sie fort, wobei mich ihre Worte ziemlich schockieren. Dass überhaupt noch etwas von der Nachtwelt übrig ist, wenn sich alle gegenseitig umbringen … Dass sie diese ganze Welt geheimhalten können, wenn alle Nase lang eine Familie ausgelöscht wird. Eine ganze Familie! Wie soll denn das überhaupt funktionieren?

»Magie ist gefährlich, Isa. Jeder hier ist gefährlich, also solltest du auch wachsam bleiben«, fügt Professor Paoli leiser hinzu und drückt meine Hand fest, als wäre das das Allerwichtigste. Als dürfte ich das nicht vergessen. In diesem Moment erinnert sie mich stark an Mum.

Mein Herzschlag beschleunigt sich wieder. Eigentlich habe ich gedacht, dass ich vor nichts Angst habe, außer vielleicht vor großen Spinnen, die es in unserem Haus leider zuhauf gab und die ganz sicher auch hier in einigen Ecken und Winkeln lauern. Aber diese Welt, diese magischen Familien, die sich gegenseitig umbringen, wecken in mir eine Angst, die ich noch nie gespürt habe. Ich schlucke heftig, und atme tief durch, um mir nichts anmerken zu lassen. Ich wünschte, das alles wäre nicht passiert, aber ändern kann ich es auch nicht. Ich bin, wie ich bin und gehöre in diese Welt, ob es Leuten wie Violet und Joana nun passt oder nicht.

»Lass dich nicht unterkriegen, Isa. Mit deiner Magie kannst du Großes erreichen. Du musst nur lernen, sie zu kontrollieren und vorsichtig sein.

Halte durch, auch wenn dir Joana und die anderen hier ganz schnell das Leben zur Hölle machen können. Glaub mir, das haben sie bisher immer versucht, bis die neuen Schülerinnen zurückgeschlagen haben. Die ersten Wochen werden hart werden, ich will dich nicht anlügen, aber du schaffst das. Da bin ich mir ganz sicher.« Und mit diesen Worten lässt sie meine Hand los.

Professor Paoli klingt zuversichtlich, zuversichtlicher als sie in Anbetracht der Situation eigentlich sein sollte. Ich weiß, dass mir das Hoffnung geben sollte, aber so richtig glauben kann ich ihr nicht. Vor allem, weil ich erst einmal durch diese ersten Wochen durchkommen muss. Lebend, wohlgemerkt, aber irgendwie habe ich die Befürchtung, dass genau das gegen Joanas Wünsche spricht. Prinzessinnen wie sie haben nun mal so eine Art an sich, die es ziemlich wahrscheinlich macht, dass sie all das bekommen, was sie wollen. Und mehr. Also sollte ich wirklich schleunigst lernen, meine Magie zu kontrollieren. Aber wie soll ich das anstellen? Mir erklärt hier ja niemand, wie das alles funktionieren soll. Wie soll ich diesem blöden Stein befehlen, zu schweben?

Alles, was ich heute versucht habe, hat nichts gebracht. Immer, wenn ich Professor Flint danach gefragt habe, hat er den Kopf geschüttelt. »Das müssen Sie schon selbst herausfinden, Miss Finchley. Nur weil meine Methode für mich funktioniert, heißt das nicht, dass das auch für Sie gilt.«

Wie soll man denn da irgendetwas hinbekommen? Es ist fast so, als wollte Professor Flint, dass ich scheitere. Ob er sich auch Joana gegenüber so verhalten hat, als sie hier angekommen ist? Ganz sicher nicht.

»Das wird schon. Jetzt solltest du zurück zum Unterricht, sonst dauert das alles noch länger«, sagt die Schulleiterin, als sie merkt, dass ich noch mit meinem Schicksal hadere. Sie steht auf und begleitet mich zur Tür, statt sie mit ihrer Magie zu öffnen, und tätschelt mir noch einmal die Schulter, ehe sie mich raus auf den Gang schiebt und die Tür wieder hinter sich schließt. Jetzt bin ich wieder allein. Auf mich gestellt. In der Vergangenheit ist das nicht immer die beste Lösung gewesen, meine Probleme zu bewältigen. Und gerade in der gefährlichen Nachtwelt könnte ich etwas Unterstützung und Anleitung gebrauchen, aber bisher herrscht davon Fehlanzeige ...

KAPITEL 9

Nachdem mich Professor Paoli mehr oder weniger aus ihrem Büro geworfen hat, kehre ich erst einmal in unser Zimmer zurück, weil ich nicht genau weiß, welches Fach als nächstes ansteht. Einen Stundenplan scheint es hier nicht zu geben, zumindest keinen, den sie mir ausgedruckt hätten. Außerdem muss ich erst einmal in Ruhe darüber nachdenken, was mir die Schulleiterin gerade erzählt hat. Diese Intrigen zwischen den Hexenfamilien, denen nur allzu oft Zufällige wie Sage und ich zum Opfer fallen, bereiten mir noch größere Bauchschmerzen als Joana und ihre Witch-Bitches.

Viel Zeit bleibt mir allerdings nicht. Es dauert nicht lange, da höre ich bereits Schritte draußen auf dem Gang, die sich eilig unserem Zimmer nähern.

»Da bist du ja!«, ruft Lucy, als sie durch die Tür tritt. Hinter ihr kommen Sage und Milla herein, wobei sich letztere gleich wieder auf ihr Bett verzieht, und sich den Bademantel überwirft. Sage und Lucy steuern dagegen direkt auf mich zu und nehmen mich fest in die Arme.

»Es war echt super, was du gerade versucht hast«, flüstert Lucy mir zu und ich kann Sage an meiner Seite nicken spüren.

»Das hat bisher noch niemand gemacht. Keiner hatte den Mut, sich Joana zu stellen außer du«, stimmt Sage ihr zu und klopft mir anerkennend auf die Schulter. »Keine Sorge, wir passen auf dich auf, solange deine Kräfte noch verrücktspielen«, flüstert sie mir zu, weil sie offenbar mein Unbehagen bemerkt hat.

Ihren Eifer über meinen versehentlichen Angriff auf die Prinzessin der Hexen kann ich leider nicht teilen. Ganz im Gegenteil, jetzt wo Sage es angesprochen hat, wird die Angst in meinem Inneren nur noch größer. Ich kann Paolis Worte und ihren Rat nicht richtig einschätzen. War das nur eine allgemeine Warnung, die sie jeder neuen Schülerin gibt? Oder steckt am Ende noch mehr dahinter? So wie sie mich bei unserem ersten Treffen angeschaut hat, verwirrt, aber irgendwie auch traurig, und nun all die Geschichten über Attentate und Hexenfamilien, die sich gegenseitig an den Kragen gehen ...?

Was weiß sie über mich? Hat sie nicht gesagt, dass ich mit meiner Magie Großes bewirken kann? Was sie wohl damit gemeint hat? Vielleicht sollte ich später noch einmal bei ihr vorbeischauen, um sie danach zu fragen. Im Moment bin ich einfach zu überfordert mit den Ereignissen der letzten Tage, als dass ich Nachforschungen dazu hätte anstellen können. Aber noch schlimmer ist der Gedanke an das, was Joana tun wird, sobald ich ihr wieder gegenübertrete.

Ja, die ersten Wochen werden hart werden, sehr hart, und vielleicht sogar tödlich. Wenigstens habe ich Sage und Lucy auf meiner Seite, vielleicht auch Milla, wenn sie sich nicht lieber im Bett verstecken würde. Mit ihnen an meiner Seite wird mir Joana nicht allzu viel antun können. Zumindest hoffe ich, dass Sage und Lucy mich fürs erste beschützen, aber ewig werde ich mich auch nicht hinter den beiden verstecken können. Ich kann unmöglich zulassen, dass sich die zwei jedes Mal vor mich schmeißen, wenn Joana mir wieder ihre Magie auf den Hals hetzt.

»Wir müssen gehen«, kommt es aus der Richtung von Millas Bett. Von irgendwo darunter, als hätte sie sich tatsächlich dort verkrochen.

»Stimmt, unser Kurs für magische Politik und Geschichte fängt gleich an«, stimmt Sage mit einem Blick auf die Wanduhr in der Ecke zu. Ich folge ihrem Blick und muss feststellen, dass es fast Zeit fürs Mittagessen ist. Zumindest wäre es das daheim in London. In White Oak scheinen die Uhren anders zu ticken. Elf Uhr dreißig. Spätestens jetzt hätte mich Mum in die Küche gerufen, um ihr dabei zu helfen, das Essen herzurichten. Aber Mum ist nicht hier. London ist viel zu weit weg, und ich bin allein, ganz gleich wie oft Sage und Lucy schwören, mir beizustehen. Am Ende muss ich Joana doch ohne fremde Hilfe gegenübertreten. Und vielleicht kommt mir die nächste Unterrichtsstunde da ganz gelegen …

Wie heute Morgen auch betreten wir den Morgensaal, in dem offenbar vor allem die Kurse stattfinden, die mit Theorie zu tun haben. Bei der Versammlung vor ein paar Stunden habe ich kaum klar denken können, geschweige denn mich im Saal umgesehen. Ich bin einfach zu nervös gewesen. Beim Eintreten lasse ich mir ein bisschen mehr

Zeit und inspiziere den zweiten der vier Türme von White Oak. Auch er ist, ähnlich wie der Wassersaal, ganz besonders eingerichtet, doch herrschen hier Gold- und Orangetöne vor im Gegensatz zu dem dunklen Blau und dem Seegrün des anderen Unterrichtsraums. Und es ist wesentlich heller, was wohl auch an den gelben Buntglasfenstern liegt, durch die die Sonne um diese Uhrzeit bricht.

Auch jetzt ist Professor Flint wieder hier, wo ich doch gehofft hatte, dass ich ihn heute nicht mehr sehen muss. Die Verlegenheit steht mir wahrscheinlich ins Gesicht geschrieben, als ich ihm gegenübertrete.

»Ah, Miss Finchley. Haben Sie sich vom ersten Schreck erholt?«, fragt er, klingt dabei aber so, als wäre er es gewesen, der sich erschreckt hat. Nicht ich.

»Lesen Sie bitte alle das Kapitel über die Verfluchten. Ich werde Miss Finchley eine kurze Einführung geben, damit sie auf dem neuesten Stand ist«, verkündet Professor Flint den anderen Schülerinnen, die bereits auf den Sesseln und Sitzbänken im Zimmer Platz genommen haben. Diesmal sind tatsächlich alle Hexen anwesend, auch die älteren, die laut Lucy nicht mehr so oft an den anderen Unterrichtsstunden zur Förderung der Konzentration teilnehmen müssen. Sie haben sich offenbar schon besser unter Kontrolle als wir. Und ganz sicher besser als ich.

Joana thront auf einem Sessel, auf dem heute Morgen noch Professor Paoli gesessen hat. Weit über unseren Köpfen hängen einige geöffnete Vogelkäfige, deren Bewohner geschäftig durch den

Saal fliegen. Fasziniert schaue ich den kleinen Vögeln dabei zu und wünsche mir insgeheim, dass einer von ihnen Joana auf den Kopf kackt und ihr damit das selbstgefällige Grinsen aus dem Gesicht wischt. Schon bei der Versammlung ist mir das Gezwitscher aufgefallen, aber vor lauter Nervosität habe ich mir nichts dabei gedacht. Jetzt frage ich mich, warum die kleinen gefiederten Tierchen überhaupt hier herumfliegen können. Das muss doch einen unglaublichen Dreck verursachen. Und trotzdem hat ihre Anwesenheit etwas ungemein Beruhigendes an sich, wäre da nicht Joanas Blick auf mir gewesen. Herausfordernd, lauernd. Gefährlich.

Ich gebe mir alle Mühe, Joana zu ignorieren und mich auf Professor Flints Vortrag zu konzentrieren. Er führt mich in eine Ecke des Raums, in der auf einem Tisch eine Karte von England ausgebreitet ist, auf die viele rote Kreuze und Linien gezeichnet sind. Aber statt mir zu erklären, was es damit auf sich hat, zieht er ein Buch aus einem Stapel hervor, das uralt aussieht. Es kann unmöglich auf dem neuesten Stand sein. Fast so, als stamme es aus dem vorletzten Jahrhundert wie so vieles hier in White Oak.

»Nun, da Sie ganz offensichtlich eine Zufällige sind, wissen Sie noch nicht recht viel über unsere Nachtwelt«, beginnt Professor Flint seinen Vortrag und schlägt das Buch auf, kommt dabei allerdings nicht weiter als bis zum Vorsatzpapier, das mit allerlei Gestalten aus der Mythologie bedruckt ist, die mir mit grimmigen Gesichtern entgegen blicken.

»Dann wollen wir mal anfangen«, murmelt er und streicht ehrfürchtig über einige der Wesen, ehe er zum Inhaltsverzeichnis umblättert, das genauso farbenfroh mit Nachtwesen illustriert ist, die ich sonst nur in meinen Märchenbüchern oder in Dads Wälzern über Mythologie gesehen habe.

In den nächsten Minuten stellt sich dank Professor Flints Kurzvortrag heraus, dass es neben den Hexen noch weit mehr magische Wesen gibt. Wesen, die ich sonst nur aus diesen Büchern kenne. Aber sie sind real, und mindestens genauso gefährlich wie Hexen.

Die Nachtwesen.

Vampire, Werwölfe, Wasserwesen, Kobolde, Feenwesen und noch so viele mehr, dass mir schnell der Kopf schwirrt von all den Namen, mit denen mich Professor Flint bombardiert.

Schon vor meinem Gespräch mit Professor Paoli habe ich geahnt, dass die Nachtwelt ein gefährlicher Ort ist, aber wie gefährlich sie ist, hätte ich wirklich nicht gedacht. Vor allem als Hexe sollte man sich wohl keinem See oder Fluss nähern, um zu verhindern, dass man nicht aufgefressen wird, bis auf die Leber natürlich. Kelpies und Wasserpferde, versteht sich. Vampire sind auch nicht so leicht zu töten, wie manche Filme es einem glauben machen und glitzern tun sie schon mal gar nicht. Mein zwölfjähriges Ich wäre jetzt am Boden zerstört, habe ich damals doch wie all die anderen Mädchen auch von meinem ganz persönlichen Edward geträumt.

Spaß beiseite.

Das Schlimmste an alldem ist, dass die Hexen ihren Hals wieder nicht voll genug bekommen haben. Sie herrschen über die anderen Nachtwesen, unter dem Vorsatz, die Balance zwischen Natur und Magie halten zu müssen, aber Professor Flint lässt immer wieder durchklingen, dass es einige Gruppen unter den Nachtwesen gibt, die dieses Herrschaftssystem nicht ganz so zu schätzen wissen.

»Machen Sie sich keine Sorgen, Miss Finchley. Diese Extremisten sind geblendet von ihren eigenen Ansichten und so gering an der Zahl, dass sie niemals zu einem ernsthaften Problem für Sie werden könnten. Außerdem ist unser amtierender König ein vorzüglicher Herrscher, da brauchen wir uns wirklich nicht zu fürchten«, versichert er mir mehrmals ganz besonders laut. Dabei huscht sein Blick immer wieder zu Joana, als ob er hoffe, dass sie ihn hört und ihrem Vater berichtet, wie treu und loyal Professor Flint doch ist. Ich glaube, mir wird schlecht!

»Gut, dann wissen Sie jetzt einigermaßen Bescheid, wie es um unsere Welt bestellt ist. Nehmen Sie doch bitte neben Miss Waterhouse Platz. Das ist offenbar der einzige Stuhl, der noch übrig ist«, weist mich Professor Flint an, während er das Buch mit einem lauten Knall zuschlägt und gleichzeitig mit seiner Magie einen Stuhl neben die Prinzessin der Hexen zieht. Fast bin ich mir sicher, dass Joana all das eingefädelt hat, um mir irgendwie heimzuzahlen, was ich ihr vorhin beinahe angetan hätte.

»Nur damit du es weißt: ganz so friedlich sind die Extremisten nicht«, flüstert sie mir zu, als ich mich neben sie setze und versuche, den Stuhl ein Stück zu verrücken. Aus irgendeinem Grund, vermutlich einem magischen, lässt er sich allerdings nicht bewegen und ich bin gezwungen, keinen halben Meter von ihr entfernt sitzen zu bleiben.

»Und die suchen sich immer die schlechtesten unter den Hexen aus, weil sie gerne mal ein Exempel statuieren wollen, aber nicht stark genug für die mächtigen unter uns sind. Und im Moment bist wohl du die Schwächste hier«, fügt sie hinzu, was ihr ein lautes Lachen ihrer Sitznachbarin, Violet, einbringt. Das Lachen klingt falsch und hohl, viel zu gekünstelt, als wäre Blondie tatsächlich aus einem Teeniefilm gesprungen. Joanas Warnung hat trotzdem gesessen. White Oak werde ich vorerst nicht verlassen. Zumindest nicht, während ich meine Kräfte nicht einmal ansatzweise unter Kontrolle habe.

KAPITEL 10

Nach einer halben Stunde Unterricht bei Professor Flint rauscht mir bereits der Kopf vor lauter Fakten. Er hat uns regelrecht mit Wissen bombardiert, teilweise wirklich, indem er gespensterartige Illusionen über unsere Köpfe gejagt hat, die die einzelnen Arten der Verfluchten darstellen sollten. Magische Wesen, die einst Menschen gewesen sind, aber von uns Hexen verzaubert wurden, sodass sie beispielsweise nur noch in der Nacht herauskommen können und sich von Blut anderer ernähren müssen, um zu überleben. Klingt irgendwie bekannt? Tja, das liegt daran, dass damit Vampire gemeint sind.

Mittlerweile geben die Verfluchten ihren Fluch weiter, indem sie andere Leute beißen oder irgendwelche komischen Rituale durchführen, um sich zu vermehren. Dass das irgendwann zum Problem werden würde, und die gute alte Balance gestört wird, ist natürlich klar.

»Deswegen gibt es strenge Regeln für das Zusammenleben mit den Menschen und die Verwandlung dieser. Sie finden einen Auszug in Ihren Schulbüchern. Bitte lernen Sie diese Regeln bis morgen auswendig«, verkündet Professor Flint mit seiner hohen Stimme und entlockt uns allen ein kollektives Stöhnen.

»Na, na, meine Damen. Es ist Ihre Pflicht, als zukünftige Mitglieder der Hexengemeinschaft für die Einhaltung sämtlicher magischer Regeln zu sorgen. Das ist ein großes Privileg und sollte Sie mit Stolz erfüllen«, mahnt Professor Flint und scheint gleich noch ein paar Zentimeter in die Höhe zu wachsen.

Woher soll ich denn bitte die Zeit nehmen, all die Regeln auswendig zu lernen? Und das auch noch bis morgen! Ich bin ja noch nicht einmal in der Lage, zu begreifen, dass das alles tatsächlich wahr ist. All diese Geschichten, die ich sonst nur aus dem Fernsehen kenne oder aus Granny Sues wirren Erzählungen bei meinen Besuchen im Altersheim, sind wahr. Auch wenn ich meine Magie ganz deutlich spüre, kann ich einfach nicht begreifen, dass es diese Wesen geben soll. Selbst dann nicht, wenn meine Magie hin und wieder an die Oberfläche tritt und irgendetwas Kleineres durcheinanderbringt oder von den Regalen schmeißt, sehr zur Erheiterung Joanas und zu Professor Flints Ärgernis. Einmal kann er einem Buch gerade noch ausweichen, ehe es vom Regal hinter ihm auf seinen Kopf fällt. Ich glaube, ich muss diese Nachtwesen erst sehen, bevor ich ihre Existenz tatsächlich für möglich halte.

Auf meinen Mini-Ausbruch hin bekommen wir gefühlt eine halbe Stunde ohne wirkliche Atempausen zu hören, dass das allein alle Vorurteile gegen weibliche Hexen beweist. Wir sind leicht zu reizen, lassen uns und unsere Magie von unseren Gefühlen treiben, ohne auf andere zu achten. Ich bin nicht die einzige, deren innere Feministin kurz vorm Explodieren ist. Lucy, Sage, ja sogar Joana sehen so aus, als platze ihnen gleich der Kragen, was Professor Flint zu merken scheint.

»Sehen Sie? Ich muss Sie nur darauf hinweisen und Sie sind bereits kurz davor, Ihre Kräfte einzusetzen. Hysterisch und selbstsüchtig, ganz so wie es im Buche steht«, schimpft er mit erhobenem Zeigefinger. Und wie recht er hat. In den letzten Minuten habe ich mir zum ersten Mal seit Annabelles Party gewünscht, dass diese bescheuerten Kräfte ausbrechen und Professor Flint zum Schweigen bringen. Wie kann er nur so etwas sagen?

»Von den Zufälligen hätte ich das erwartet, aber von Ihnen, Miss Waterhouse? «, fügt er nach einer kurzen Atempause hinzu und blickt Joana vorwurfsvoll an.

Ich weiß nicht, was ich erwartet habe, aber sicherlich nicht ihre Reaktion. Sie nickt stumm und sinkt tiefer in ihren Sessel.

Was zur Hölle? Sie lässt sich das einfach bieten?

Ich als Hexenprinzessin hätte Professor Flint meine Meinung gesagt und meinen Kräften ohne Rücksicht auf Verluste freien Lauf gelassen. Aber sie sagt nichts. Keiner sagt etwas.

Das kann doch nicht wahr sein, verdammt?

Sage packt mich am Arm, als ich gerade aufspringen will, um Professor Flint und seinen chauvinistischen Ansichten Kontra zu geben. Sie und Lucy schütteln den Kopf und irgendetwas in ihrem Blick lässt mich innehalten.

Tu' es nicht, sagen ihre Augen.

Ich wende mich wieder Professor Flint zu, der nach seiner Rede über all die Fehler weiblicher Hexen ein großes Glas Wasser herunterstürzt und ein paarmal tief durchatmet. Weil ich mich nicht gleich an meinem ersten Tag komplett ins Abseits stoßen möchte, folge ich der stummen Aufforderung meiner beiden Mitbewohnerinnen. Vergessen werde ich Professor Flints Worte allerdings nicht.

»Mann, da gibt's ja ganz schön viele von diesen Verfluchten. Ich würde mal sagen, da hast du eine ziemlich große Familie, Lucy«, sagt Sage und lacht leise, als wir endlich die Treppen zu unserem Zimmer hochsteigen. Bilder von längst verstorbenen Hexen folgen uns mit ihren grimmigen Blicken, als wäre ein Teil dieser Frauen nach ihrer Schulzeit hier in White Oak zurückgeblieben.

»Aber wir gehören gar nicht zu den Verfluchten«, entgegne ich. Was meint Sage nur damit?

»Ja, aber Lucys Familie ist doch angeblich verflucht«, sagt sie und wieder ertönt dieses Lachen, das allen ganz deutlich zeigt, dass sie Lucys Fluchgeschichte für ziemlichen Bullshit hält.

»Mach dich nur darüber lustig. Wenn ich in zwei Jahren mit einem Baby bei dir aufkreuze, weißt du genau, was passiert ist«, murrt Lucy und stapft beleidigt davon.

»Was soll das denn heißen?«, frage ich, weil ich nicht verstehe, was ein Baby mit einem Fluch zu tun hat. So wirklich haben mir die zwei nämlich nicht erzählt, wie dieser angebliche Fluch denn nun funktioniert. Je mehr sie darüber streiten, desto mehr interessiere ich mich dafür.

»Ach, das sollte sie dir mal besser selbst erzählen. Sie ist diejenige, die daran glaubt«, meint Sage und zuckt mit den Schultern.

Milla, die die ganze Zeit über hinter uns geblieben ist, huscht leise wie eine Feldmaus an uns vorbei und knallt oben die Zimmertür zu. Sage und ich folgen ihr mit den Blicken, wobei sich in mir langsam ein schlechtes Gewissen breit macht.

»Also, wenn du es für besser hältst, dass ich wegen Milla wieder ausziehe, dann ist das vollkommen okay«, sage ich, als Sage sich wieder in Bewegung setzt. Sie hat nicht die beste Kondition und schnauft ziemlich stark, als wir endlich oben ankommen, tut meinen Vorschlag allerdings mit einem Schulterzucken ab. »Ach was, die gewöhnt sich schon daran. Sie braucht einfach nur eine Weile, um mit anderen warm zu werden. Ist vielleicht ganz gut, dass wir sie damit ein bisschen überrumpelt haben. Sagen wir's mal so: Sie ist eben sehr behütet aufgewachsen«, erklärt Sage und bestätigt damit genau das, was ich schon vermutet habe.

»Behütet bedeutet, sie durfte das Haus nicht verlassen?«, frage ich und ich stelle mir vor, was das wohl für eine Kindheit gewesen sein muss. Immer nur drinnen, niemals die Natur genießen können. Kein Wunder, dass sie so schreckhaft ist. Das hier muss auch alles neu für sie sein.

»So ungefähr«, murmelt Sage und zuckt wieder mit den Schultern. »Vielleicht erzählt sie uns irgendwann auch, warum. Im Moment wissen wir das alle nicht so genau.«

»Sagt mal, habt ihr überhaupt keine Angst mit diesen ganzen Extremisten und magischen Wesen, die gegen die Hexen hetzen?«, frage ich die Mädels und lasse mich auf mein Bett fallen, weil ich vom ganzen Vormittag viel zu erschlagen bin. Mein Magen knurrt, aber laut den Mädels gibt es erst in einer halben Stunde endlich was zu essen. Ich bin mir nicht sicher, ob ich es bis dahin durchhalte.

»Naja, gefährlich ist es schon, aber hier in Codwyll und Umgebung müssen wir uns keine Sorgen machen. Der Ort steht unter besonderem Schutz, weil hier zwei Schulen sind«, erklärt Sage und schenkt mir eines ihrer beruhigenden Lächeln. Ganz so wirklich hilft es allerdings nicht und mein Hunger wird nur noch größer. Das hängt bei mir irgendwie mit der Angst zusammen, statt Stressfressen betreibe ich eben Angstfressen.

»Zwei Schulen?«, frage ich, weil ich bisher nur von White Oak gehört habe. Aber eigentlich macht es ja Sinn, schließlich gibt es auch männliche Hexen. Professor Flint ist eindeutig eine, auch wenn es die Stimme nicht vermuten lässt. Irgendwo müssen sie unterrichtet werden. Sonst gäbe es auch keinen Hexenkönig, oder?

»Ja, und seitdem Joana und ihr Bruder hier sind, sind die Schulen noch viel besser bewacht«, fügt Lucy hinzu und zuckt mit den Schultern. »Privilegien halt.«

»Joana hat einen Bruder?« Oh Gott, bitte nicht! Mir reicht ja schon eine königliche Hexe. Wenn Joanas Bruder nur halbwegs so drauf ist wie sie, kann ich ja gleich einpacken.

»Graham«, sagen Lucy und Sage gleichzeitig und strahlen gegenseitig um die Wette.

»Er geht auf die Darkwood Akademie, ein paar Kilometer hinter dem See in den Bergen«, fügt Sage nach einem verträumten Seufzer hinzu.

»Ich wünschte nur, die Schule wäre wesentlich näher. Warum müssen wir eigentlich auf getrennte Schulen gehen? Es ist das einundzwanzigste Jahrhundert! Die könnten sich ruhig mal ein Beispiel an Hogwarts nehmen«, grummelt Lucy vor sich hin und verschränkt trotzig die Arme vor der Brust.

»Ach, wir sind doch die hysterischen, selbstsüchtigen, leicht zu reizenden Frauen, oder hast du das schon vergessen?«, entgegnet Sage und schüttelt den Kopf. Professor Flints Gehabe hat sie auch ziemlich auf die Palme gebracht.

Sofort ist Lucys gute Stimmung verschwunden. Für einen Moment herrscht Schweigen in unserem Zimmer, das lediglich durch das Rascheln von Millas Bettdecke unterbrochen wird, als sie versucht, sich darunter zu verstecken.

Die Welt der Menschen mag zwar im einundzwanzigsten Jahrhundert angekommen sein, wobei es auch noch immer Ungerechtigkeiten gibt, für Frauen und für Männer. In der Nachtwelt sind sie allerdings nicht ganz so fortschrittlich. Einen Computer oder etwas ähnlich Technisches habe ich hier noch nicht gefunden. Aber mir soll's recht sein. Dann kann ich mich besser aufs Lernen konzentrieren. Nur leider fällt es mir dadurch auch schwerer, meine Angst vor dieser neuen Welt und all deren Bewohner zu vergessen, weil ich mich nicht mit albernen Katzenvideos oder den News aus der Buchwelt ablenken kann. Seit meinem Eintritt in die Nachtwelt ist meine Angst gewaltig gewachsen und nichts scheint sie beruhigen zu können.

»Nochmal zurück zu den Extremisten«, sage ich in die Stille hinein. Es lässt mich einfach nicht los, dass dort draußen irgendwelche magischen Wesen herumlaufen, die mir den Garaus machen könnten, ohne mit der Wimper zu zucken. Und diese Angst geht tiefer als jegliche Wut, die ich über Professor Flints Worte verspüre.

»So richtig sicher fühle ich mich nicht, vor allem, wenn diese ganzen Schutzmaßnahmen nur für Joana gedacht sind. Was ist denn mit uns anderen?«, frage ich. Ich kann mich gerade noch zurückhalten, zu sagen, dass wir Zufälligen doch ganz besonders anfällig für solche Angriffe sind. Schließlich habe ich keine Ahnung, worauf ich achten muss, wenn ich einem Nachtwesen gegenüberstehe. Ob ich die Gefahr überhaupt erkennen würde? Ich hoffe einfach, dass das niemals passiert. Vielleicht kann ich ja Professor Paoli überreden, mich dauerhaft hier wohnen zu lassen. Nach dem jetzigen Stand werde ich vermutlich sowieso mehrere Jahre brauchen, bis ich meine Magie einigermaßen kontrollieren kann.

»Jetzt mach' dir doch nicht so viele Sorgen, Isa. Wir gehen einfach immer zusammen raus und dann kann uns nichts passieren«, sagt Lucy, wobei sie ein bisschen genervt klingt, und lässt sich in die Kissen fallen. »Außerdem haben wir noch unsere Magie, um uns zu beschützen.«

Ja, unsere Magie, die in meinem Fall leider immer noch verrücktspielt. Auch jetzt, wo ich die Angst wie Eis in meinen Adern spüre, brodelt sie in meinem Innern und breitet sich wie ein Feuer in mir aus, um die Kälte zu vertreiben. Wenn überhaupt macht sie es nur schlimmer, weil ich gleich wieder mit einem Ausbruch rechne. Fast kann ich schon das Beben spüren, das auch bei meinen letzten Ausbrüchen aufgekommen ist. Aber trotzdem, oder vielleicht gerade deswegen, tue ich es Lucy gleich und lasse mich in die Kissen fallen. Ich schließe die Augen und versuche, mit all dem hier klarzukommen und das zu verarbeiten, was ich heute erfahren habe. Es wird sicherlich seine Zeit dauern, bis ich die Nachtwelt in ihrer Größe und Gänze anerkannt habe, aber es ist immerhin ein Anfang.

»Happy Birthday to me ...«, flüstere ich vor mich hin und drehe mich auf die Seite.

KAPITEL 11

»Hast du gerade Geburtstag gesagt?«, fragt Lucy und setzt sich so schnell auf ihrem Bett auf, dass die Federn in der Matratze quietschen. Das lockt sogar Milla aus ihrem Versteck hervor, wobei sie in ihrem Bademantel aussieht wie eine Katze, die gerade in eine Decke geklettert ist.

Ich zucke mit den Schultern und weiß nicht so recht, was ich sagen soll.

Ja, gestern war mein Geburtstag. Und ich habe ihn damit verbracht, nach Codwyll zu kommen, und an White Oak ein völlig neues Leben zu starten, von dem ich bisher noch nicht einmal geahnt habe, dass es existiert. Geburtstage sind sonst in unserer Familie eine große Tradition, aber im Moment ist mir nicht wirklich nach Feiern zumute. Nicht nachdem ich herausgefunden habe, wie gefährlich es eigentlich ist, Hexe zu sein. Nicht nur die eigenen Leute sind hinter einem her, sondern auch noch eine ganze Horde mystischer Wesen, deren Existenz ich immer noch nicht ganz begreifen kann.

»Gestern«, murmele ich und drehe mich auf die andere Seite, weg von den Mädchen, um mich etwas abzuschirmen. Darüber zu sprechen macht mein Heimweh nur noch schlimmer. Ich sollte später wirklich Mum und Dad anrufen.

»Und das sagst du erst jetzt?«, fragt Sage vorwurfsvoll und steht in der nächsten Sekunde neben meinem Bett. Ich kann nicht einmal protestieren, da hat sie mich schon auf die Beine gezogen und mir eine Jacke zugeworfen, die nicht meine eigene ist.

»Das muss gefeiert werden«, sagt sie und schiebt mich auf die Tür zu, während sie Lucy und Milla ein Zeichen gibt, ihr zu folgen.

»Gibt's da auch Kuchen?«, fragt Milla leise und kriecht aus ihrem riesigen Bademantel hervor, nur um kurz darauf in einer gigantischen Winterjacke zu verschwinden. Damit sieht sie aus wie ein großer roter Ball mit Stummelbeinchen.

»Was wäre denn ein Geburtstag ohne Kuchen?«, entgegnet Lucy, als wäre das wirklich eine dumme Frage, und zerrt unsere scheue Mitbewohnerin mit sich auf den Gang.

»Ihr müsst das nicht machen, wirklich nicht. Ich bleibe viel lieber hier«, sage ich und denke an die Nachtwesen, die draußen im Wald rund um den See auf der Lauer liegen könnten. So beschissen mein Leben gerade ist, ich bin noch lange nicht bereit, das Zeitliche zu segnen.

Sage braucht bloß einen Zeigefinger in die Höhe zu heben, um mich zum Schweigen zu bringen.

»Gib doch zu, selbst die, die ihren Geburtstag nicht feiern wollen, hoffen insgeheim trotzdem drauf, dass ein paar Leute aufschlagen und Geschenke vorbeibringen. Also gehen wir jetzt in die Stadt.« Ihr Ton duldet keine Widerrede mehr. Aber ich hätte da so einige Sachen, die ich gerne loswerden möchte, zum Beispiel meine Angst vor den

Nachtwesen, die vor den Toren White Oaks nur auf eine unwissende Junghexe warten.

»Und was ist mit dem Mittagessen?«, will ich auf halbem Weg nach unten wissen, als sich mein Magen mal wieder zu Wort meldet.

Milla schiebt mich beiseite und wirft mir das erste Mal einen direkten Blick zu. »Wer will schon Mittagessen, wenn er Kuchen haben kann?« Damit stürmt sie an uns vorbei hinaus in die Eingangshalle und von dort aus sicherlich auf den matschigen Weg Richtung Codwyll.

»Wo sie recht hat, hat sie recht«, stimmen ihr Lucy und Sage im Chor zu, und haken sich links und rechts bei mir ein, um mich nach draußen zu führen. Und zu verhindern, dass ich wieder zurück ins Zimmer gehe.

Den Weg verbringen wir relativ schweigsam, hängen unseren Gedanken nach, während ich vor allem darauf bedacht bin, jede einzelne Bewegung jenseits der Bäume am Wegesrand zu beobachten. Ich will vorbereitet sein, sollte irgendein Werwolf oder ein Vampir in unserer Nähe sein und uns auffressen wollen. Oder aussaugen? Wie ernähren sich Nachtwesen eigentlich? Das wäre doch mal eine interessante Frage für Professor Flint, anstatt sich immer wieder und wieder anhören zu müssen, welche Flüche nun auf welchen dieser armseligen Kreaturen liegen, wie er sie immer bezeichnet.

»Du hast ja noch gar keine Sachen hier, die du für den Unterricht brauchst. Auch kein Grimoire nehme ich an, oder?«, fragt Lucy, als Codwyll in

Sichtweite gerät. Gleich die ersten Häuser sind mit Ladenfronten belegt, in denen allerhand magische Gegenstände ausgestellt sind. Komisch, wo doch die anderen Dorfbewohner, die ich bisher kennengelernt habe, uns Schülerinnen von White Oak gegenüber nicht gerade freundlich gewesen sind. Wenn ich da nur an den Taxifahrer oder den unfreundlichen Kellner denke …

»Ein Grimo-was?«, frage ich, bis mir wieder einfällt, was das ist. Bei einer Fernsehsendung war das mal ganz wichtig, eine Art Handbuch von Hexen für Hexen. Natürlich verfüge ich nicht über so etwas, weil ich gerade erst erfahren habe, wer oder was ich bin. Wobei sich das noch immer nicht vollkommen geklärt hat, schließlich weiß ich noch immer nicht, wer meine leiblichen Eltern sind. Wenn wir zurück in der Akademie sind, muss ich Professor Paoli unbedingt fragen, ob sie mir bei meiner Suche weiterhelfen kann. Vielleicht gibt es dazu ja einen Zauber oder so.

»Gri-mo-ire«, wiederholt Lucy so laut und langsam, als wäre ich taub oder schwer von Begriff.

»Das ist sozusagen das Tagebuch einer Hexe. Es ist fast wie ein ungeschriebenes Gesetz, eines zu führen. Du weißt schon, um Gefühle und Erlebnisse festzuhalten oder Zauber und deren Erfolge oder Misserfolge. Es soll dir helfen, eine bessere Hexe zu werden«, erklärt Sage und klopft auf die Tasche, die sie sich umgehängt hat. »Wir haben es immer und überall dabei.«

Milla, die uns wie ein kleines Kind vorausgeeilt ist, wartet kurz vor dem Stadtrand auf uns und wirkt ziemlich absurd in ihrem viel zu großen

Mantel. Kauft sie ihre Klamotten selbst oder bekommt sie sie von irgendwem geschenkt?

»Wohin zuerst?«, fragt sie und deutet auf die verschiedenen Geschäfte direkt vor uns. Ihre Augen leuchten vor Aufregung. Würden meine wohl auch, wenn ich endlich frei draußen herumlaufen darf, nachdem ich ein Leben lang eingesperrt gewesen bin. Aber hätte ich dann nicht auch Angst?

»Auf jeden Fall zu Selena. Sie hat die besten Notizbücher und nicht nur diesen ganzen Touristen-Quatsch«, unterbricht Lucy meine Gedanken und deutet auf das mittlere Geschäft auf unserer linken Seite. Das gesamte Haus ist knallblau angemalt, und mit goldenen Schnitzereien verziert, die viel besser an eine pompöse Kirche gepasst hätten als an ein Haus im tristen Codwyll.

»Warum gibt es hier so viele Läden mit Zauberzeug?« Ich zähle mindestens fünf allein in dieser Straße und vor dem Bahnhof habe ich gestern auch einige gesehen, sogar mit Wahrsagerinnen.

»Ach, weil White Oak und Darkwood in dieser Gegend ziemlich bekannt dafür sind, dass es nicht so ganz mit rechten Dingen zugeht. Und in den Bergen gibt es einige Steinkreise und Opferstätten. Das lockt natürlich Touristen an, und die wollen auch ein paar magische Sachen kaufen«, sagt Lucy und drückt die goldene Ladentür zu Selenas Geschäft auf. »Die meisten Waren sind pseudomagisch, schließlich können wir den Menschen nichts geben, was tatsächlich irgendwelche Kräfte hat.«

Natürlich, die Touristen. Hätte ich auch selbst drauf kommen können …

»Aber danach gehen wir ins Café für Kuchen, ja?«, fragt Milla und deutet ein Stück weiter die Straße entlang, die zum Dorfplatz führt. Dort befindet sich auch das Café, wo ich gestern auf Professor Paoli getroffen bin. Dort, wo der unfreundliche Kellner mir damit gedroht hat, mich rauszuschmeißen.

»Natürlich. Aber jetzt gehen wir erst mal shoppen«, entgegnet Sage mit einem Grinsen auf dem Gesicht, bei dem ich gerade um das Innenleben meines Geldbeutels bange. So ein Grimoire wird sicherlich nicht billig sein. Ganz zu schweigen von dem restlichen Kram, den ich für die Schule brauchen werde. Fast komme ich mir vor, als wäre ich mitten in die Winkelgasse gestolpert, nur dass statt Todessern oder einem dunklen Lord verfluchte Nachtwesen nach meinem Leben trachten.

KAPITEL 12

Knapp zwei Stunden und mindestens fünf Einkaufstaschen später sitzen wir endlich im Café und
haben unsere Bestellung bei Evan, dem miesge-
launten Kellner, aufgegeben. Auch wenn der Service zu wünschen übriglässt, wird schnell serviert,
wobei serviert noch sehr positiv ausgedrückt ist.
Ohne uns eines Blickes zu würdigen, knallt Evan
Teller und Tassen auf den Tisch, dass der Kaffee
auf die Tischplatte schwappt, und den halben Inhalt verschüttet. Ich bin schon kurz davor, ihn darauf anzusprechen, doch hält mich Lucy zurück
und schüttelt nur den Kopf. Damit würde ich es
wohl nur noch schlimmer machen.

Während Milla sich über ihr riesiges Kuchen-
stück hermacht und Sage und Lucy über ihre Einkäufe sprechen, wandert mein Blick zum Fenster
hinaus auf den Platz in der Mitte Codwylls. Egal
zu welcher Tageszeit ich hier bin, er scheint immer
wie leergefegt zu sein. Wo sind die Touristen, von
denen Sage und Lucy erzählt haben? Und wo sind
die Bürger, die alle Bewohner White Oaks offenbar
bis auf den Tod nicht ausstehen können?

Während ich die Wolken am Himmel beobach-
te und immer wieder an meinem halbleeren Kaffee
nippe, der fast ein bisschen zu stark geworden ist,
denke ich darüber nach, was in letzter Zeit passiert

ist. Wie sehr sich meine Welt in den vergangenen Tagen verändert hat. Durch Mums Arbeit ist mein Leben schon immer recht magisch gewesen, aber nie hätte ich mir träumen lassen, dass es so krass werden kann. Dass es Magie, richtige Magie, tatsächlich gibt. Zauberei und die Nachtwesen habe ich immer für die Ausgeburt menschlicher Fantasie gehalten. Für etwas, über das man gerne nachdenkt oder liest, das aber nicht wirklich wahr ist. Für Geschichten, die man abends am Bett erzählen kann, über Feen, die Wünsche erfüllen, und mächtige Zauberinnen, die ganze Königreiche vor dem Untergang bewahren. Gute Dinge eben. Das, was ich bisher in dieser magischen Welt erlebt habe, ist jedoch alles andere als gut gewesen. Nur gefährlich und in manchen Fällen sogar fast tödlich.

Vor meinem neunzehnten Geburtstag gestern war mein Leben noch einfach. Selbst mit dem gelegentlichen Stress dank den Rich-Bitches an meiner alten Schule oder dem Streit mit meinen Eltern, der sich seit Monaten in die Länge zieht, ist es ganz normal, ja fast schon langweilig gewesen. Morgens aufstehen, anziehen, hier und da einen Auftrag für Mum erledigen. Mich um sie kümmern, wenn ihre Kopfschmerzen wieder zu schlimm sind. Auf Mike aufpassen, Lukas anrufen, Abendessen vorbereiten oder Dad noch einen Whisky ans Arbeitszimmer bringen. Betonung auf *ans Arbeitszimmer*, denn bisher habe ich das Innere dieses Raums, in dem Dad und nun auch Lucas den Großteil ihrer Zeit verbringen, noch nicht zu Gesicht bekommen. Zwischendrin ist auch noch Zeit fürs Lesen, Schreiben, oder um mit Thomas und anderen Leuten von der Schule zu sprechen, dann geht's auch schon wieder ins Bett. Und am nächsten Tag wieder alles von vorn.

Aber jetzt sind da Hexen in meinem Leben, die mir ernsthaft schaden könnten, magische Fähigkeiten, deren Ausmaße ich nicht einmal ansatzweise begreifen, geschweige denn kontrollieren kann, und Nachtwesen, die draußen in den Wäldern von Codwyll nur darauf warten, uns Hexen in ihre Klauen zu bekommen.

Eine Sache fehlt dabei ganz besonders: der Rückhalt meiner Familie. Auf dem Weg nach Codwyll habe ich Mum ein paar Nachrichten geschickt und mit ihr verabredet, dass wir später noch telefonieren, sobald ich in White Oak irgendwo Empfang gefunden habe. Aber ein Anruf ersetzt nicht das Gefühl, das mir sonst unser Zuhause oder Mums Umarmung gegeben hat. Das Gefühl von Geborgenheit und Akzeptanz. Immer zu wissen, dass ganz egal, wie beschissen der Tag auch gewesen ist, abends immer alles besser wird. Mum und Dad, die uns Kindern mit Rat und Tat zur Seite stehen, und Mike, der uns mit seinen neusten Scherzen und obercoolen Sprüchen ganz sicher zum Lachen bringt. Und wenn alle Stricke reißen, hat Mum immer die nötigen Zutaten für Granny Sues berühmte heiße Schokolade im Haus.

In White Oak fühle ich mich dagegen wie eine Fremde, ganz allein. Nur langsam sickert die Tatsache, dass Sage, Lucy und irgendwie auch Milla für mich da sind, in mein Bewusstsein ein und vertreibt das Gefühl der Einsamkeit ein bisschen. Mittlerweile entgeht mir auch nicht mehr, dass

Milla mich anstarrt, wenn sie glaubt, ich würde es nicht bemerken. Dann legt sie den Kopf schief wie ein kleiner Vogel und kneift die Augen so eng zusammen, als müsste sie einen winzig kleinen Text lesen, der vor mir in der Luft flackert. Trotzdem habe ich nicht das Gefühl, dass sie mir gefährlich werden könnte. Im Gegenteil, wenn dann könnte ich ihr gefährlich werden, so klein und unschuldig wie Milla ist. Ganz im Gegensatz zu Joana und ihren Freundinnen, aber auch mit denen werde ich fertig werden. Irgendwie, schließlich habe ich es auch so lange mit Leuten wie Annabelle ausgehalten.

In diesem Moment, hier zusammen mit den Mädels im Café, in dem uns Evan immer wieder finstere Blicke zuwirft, weiß ich, dass meine Lage alles andere als aussichtslos ist. Sie ist nicht perfekt, das mag ja sein, aber es ist ein Anfang. Ich bin nicht mehr so ganz allein wie gestern, als ich in White Oak angekommen und direkt von Mrs. Crumple auf die Straße gesetzt worden bin.

Nein, jetzt habe ich Anschluss gefunden, eine Verbindung in die Nachtwelt, deren Ausmaße ich erst einmal verdauen muss. Aber dafür habe ich jetzt Zeit, unendlich viel Zeit.

KAPITEL 13

»Ich übernehme das mit der Rechnung«, verkündet Sage und ist bereits aufgesprungen, bevor ich protestieren kann. Gerade, wenn ich mit Freunden unterwegs bin, hasse ich es, nicht für mein eigenes Essen bezahlen zu können.

»Hey, gestern war dein Geburtstag. Das geht natürlich auf uns!«, sagt Lucy, die mir wohl angesehen hat, dass ich drauf und dran bin, für meinen eigenen Kuchen zu bezahlen.

Ich rolle mit den Augen, schließlich sind Geburtstage trotz Familientraditionen nicht so wirklich meins. Vor allem der letzte ist nicht gerade großartig ausgefallen. Irgendwie habe ich während der Feierlichkeiten immer das Gefühl gehabt, dass etwas fehlt … Vielleicht meine richtige Familie?

Am Ende bin ich den dreien doch dankbar, dass wir in so kurzer Zeit tatsächlich so etwas wie Freunde geworden sind. Zumindest haben sie es geschafft, dass ich mal ein paar Stunden lang nicht an all das denke, was mir in den letzten zwei Tagen passiert ist.

»Also Trinkgeld hat der nicht von mir bekommen«, sagt Sage, als sie zurückkommt und lässt sich wieder auf ihren Stuhl sinken, den Geldbeutel noch in der Hand.

»Ach wieso? Der ist doch total süß«, entgegnet Lucy und starrt Evan demonstrativ auf den Hintern. Sage hat recht, Lucy nimmt wirklich kein Blatt vor den Mund.

»Süß ist er vielleicht schon, aber der Service und die Freundlichkeit lassen zu wünschen übrig«, werfe ich ein und denke an meinen ersten Abend in Codwyll zurück, als er mich beinahe rausgeschmissen hätte für etwas, für das ich gar nichts kann.

»Ich will noch ein Stück Kuchen!«, ruft Milla und schiebt ihren Teller auf Sage zu, doch schüttelt diese den Kopf.

»In zwei Stunden gibt es schon wieder Abendessen. Du weißt doch, dass sich Miss Martha große Sorgen macht, wenn du nicht richtig isst«, erwidert Sage und schiebt den Kuchenteller zurück zu Milla. Die wirkt nicht gerade glücklich darüber, gibt sich allerdings geschlagen. Wo isst sie das denn alles hin? Im Gegensatz zu uns hat sie nämlich gleich zwei große Stücke gegessen. Mit einer dicken Schicht Sahne obendrauf und gefühlt zehn Stückchen Zucker in ihrem Tee. Und trotzdem ist sie so klein und zierlich, dass sie nicht älter wie acht Jahre aussieht.

»Wir sollten so langsam wirklich los, dann können wir noch ein bisschen den Unterricht vorbereiten«, meint Lucy und deutet durch das große Fenster nach draußen auf den Dorfplatz, wo gerade eine der älteren Schülerinnen am Café vorbeirauscht. Sie ist mir schon an meinem ersten Tag aufgefallen, weil ihre Haare ziemlich speziell sind. Die eine Seite ist tiefschwarz, die andere so weiß wie Knochen, als wäre sie viel zu früh ergraut. Ob das irgendein Frisurtrend in der Nachtwelt ist?

»Und wer ist das?«, frage ich, weil ich bisher noch nicht die Gelegenheit dazu hatte, auch die anderen drei Schülerinnen, die den Unterricht nicht mehr so häufig besuchen, kennen zu lernen. Bisher kenne ich nur ihre Nachnamen, kann sie aber nicht zuordnen, weil es einfach zu viele neue Leute auf einmal sind.

»Cally Wynchester«, antwortet Sage, in einem Tonfall, als ob das schon alles sagen würde.

Ich zucke mit den Schultern, schließlich habe ich als Zufällige überhaupt keine Ahnung von der Nachtwelt. Ob sie wohl auch aus einer der größeren Hexenfamilien stammt?

»Sie ist ein bisschen seltsam. Im Gegensatz zu den anderen hat sie nicht wirklich Anschluss gefunden. Sie bleibt lieber für sich ...«, erklärt Lucy und erhebt sich. Die Kaffeetasse vor ihr, wohlgemerkt die zweite, ist noch halbvoll, doch das scheint sie nicht davon abzuhalten, das Café zu verlassen. Als sie meinen Blick bemerkt, zuckt sie bloß mit den Schultern und kippt den Inhalt in einem Zug herunter.

»Das war ein dreifacher Espresso!«, sage ich und schüttele den Kopf. Ich liebe Kaffee zwar, aber nach der Dosis wäre ich vermutlich richtig hyperaktiv, zumal Lucy nicht einmal Zucker reingeschüttet hat. Wer weiß, was meine neuen Kräfte dann alles anstellen würden?

»Dann jammerst du mir aber nicht die Ohren voll, wenn du heute Nacht wieder nicht schlafen kannst«, wirft Sage vorwurfsvoll ein. Das ist anscheinend nicht das erste Mal, dass sie und Lucy sich deswegen in die Haare bekommen. Es fasziniert mich, wie gut die beiden so miteinander auskommen, wo sie doch so unterschiedlich sind.

»Als ob ich das jemals getan hätte«, entgegnet Lucy und stößt Sage spielerisch in die Seite. Die beiden brechen in lautes Gelächter aus, und in diesem Moment fühle ich mich tatsächlich ein wenig zu Hause. Nicht so wie in London, aber nicht mehr ganz so verloren in dieser fremden Welt.

Als wir auf die Straße treten, folgt uns Evans finsterer Blick durch das große Glasfenster des Cafés.

»Ich verstehe einfach immer noch nicht, warum manche Menschen hier so fies zu uns sind«, sage ich, und versuche Evan so gut es geht zu ignorieren. Fies passt zwar nicht richtig, aber anders kommt mir diese Frage einfach nicht über die Lippen. Es fällt mir noch immer schwer, mich selbst zu der Nachtwelt hinzuzuzählen, schließlich habe ich erst gestern von ihr erfahren. Dass etwas im Leben meiner Familie nicht mit rechten Dingen zugeht, habe ich schon immer geahnt, schon seitdem ich alt genug gewesen bin, um zu verstehen, dass das Institut, für das mein Dad arbeitet, kein gewöhnliches ist.

»Ach, die sind hier nur sehr streng katholisch. Die Dorfbewohner nehmen das mit der Bibel ziemlich genau«, meint Lucy und zuckt mit den Schultern. »Mach dir da mal keinen Kopf.«

»Wollten wir nicht noch schnell was besorgen, Lucy?«, fragt Sage dazwischen, bevor ich sie weiter über das Verhalten der Dorfbewohner ausfragen kann.

Ich bin vom abrupten Themenwechsel so überrumpelt, dass ich immer noch kein Wort herausbringe, als sich Sage bei Lucy unterhakt und mit ihr in eine der Gassen verschwindet. Bevor sie aus unserem Sichtfeld treten, drehen sich die zwei noch einmal um und winken mir und der mindestens ebenso verwirrten Milla zu.

»Ihr könnt ja vorgehen«, ruft Sage uns über die Schulter zu, und schon sind die beiden um die nächste Ecke verschwunden.

Unschlüssig blicke ich den beiden hinterher. Lieber wäre ich mit ihnen gegangen, als alleine mit der stillen Milla, zurück nach White Oak zu laufen. Vor allem nicht, weil es gerade ziemlich stark nach Regen aussieht und ich keine Lust habe, auf dem matschigen Weg stecken zu bleiben. Statt Flusskiesel schweben zu lassen, sollte uns Professor Flint lieber beibringen, wie wir für trockene Füße sorgen, so wie Professor Paoli gestern, als sie mich nach White Oak begleitet hat.

Aber es hilft alles nichts, also zucke ich wie Lucy eben mit den Schultern und drehe mich in die andere Richtung, um zur Schule zurückzukehren. Als ich den Platz fast überquert habe, werfe ich einen Blick zurück und sehe, wie Milla mir folgt. Sie ist so leise auf dem groben Kopfsteinpflaster, dass ich sie überhaupt nicht höre. Oder vielleicht liegt das auch am Wind, der unglaublich laut durch die Gassen und Straßen von Codwyll bläst.

Auf dem Heimweg zurück, gerade, als wir auf eine große Kurve zusteuern, ertönt plötzlich Gelächter im Wald. Ich erstarre und könnte mich ohrfeigen.

Nach unserem Besuch in Codwyll bin ich so guter Dinge gewesen, dass ich gar nicht mehr auf die Geräusche um mich herum geachtet habe. Aber jetzt, wo eindeutig Schritte auf dem matschigen Boden zu hören sind und vereinzelte Wortfetzen zu uns durchdringen, mache ich mir doch wieder Gedanken. Ich blicke mich um und atme tief durch. Mein Blick fällt auf Milla, die mindestens genauso ängstlich aussieht, wie ich mich fühle. Die Magie in meinem Inneren beginnt wieder zu brodeln. Nicht mehr viel und sie wird überkochen, wie der Eintopf neulich, den Mum zubereitet und dann einfach auf dem Herd vergessen hat.

»Die Neue ist übrigens eine Zufällige«, höre ich eine schneidende Stimme, die mir nur allzu bekannt vorkommt.

Joana.

Das hat mir gerade noch gefehlt!

Und sie ist nicht allein, denn schon im nächsten Moment biegt eine ganze Gruppe an Schülern um die Ecke. Nicht nur Joana und ihre Freundinnen, auch drei Typen sind dabei, die vermutlich alle auf die Darkwood, das Internat für männliche Hexen etwas außerhalb von Codwyll, gehen. Lucy und Sage haben mir vorhin kurz davon erzählt, wobei sie mir hauptsächlich Joanas Bruder in all seiner hexischen Herrlichkeit beschrieben haben.

»Wenn man nicht vom Teufel spricht«, sagt Joana, als sie mich sieht, und bleibt zusammen mit den anderen einige Meter von uns entfernt stehen.

»Schaut euch ihre Hose an! Von oben bis unten voll mit Matsch. Erbärmlich!«, ruft Violet und schüttelt den Kopf. Ihre Klamotten und Stiefel und auch die ihrer Begleiter sind wie auf magische Weise, wortwörtlich, vollkommen sauber. Ich sollte unbedingt Lucy und Sage nach einem solchen Zauber fragen.

»Kann man alles waschen«, entgegne ich mit einer wegwerfenden Handbewegung und atme wieder tief durch, um die Magie in meinem Inneren zu beruhigen. Rich-Bitches wie Annabelle sind eine Sache. Da kann ich mich gut verteidigen. Worte sind dabei meine Waffe, und ich weiß mit ihnen umzugehen. Aber Witch-Bitches wie Joana und Begleitung sind etwas ganz anderes. Sie haben Magie zur Verfügung. Magie, die sie beherrschen können, während meine Kräfte alles andere als kontrollierbar sind. Das hat meine letzte Begegnung mit der Wand im Morgensaal nach der Versammlung deutlich gezeigt.

»Jetzt sei doch nicht so, Joana«, sagt einer der Typen. Er ist der mittlere der drei, aber gut einen Kopf größer als die anderen beiden. Mit seinen goldblonden Haaren und den Augen, die selbst auf einige Meter Entfernung zu strahlen scheinen, passt er ziemlich genau auf die Beschreibungen von Lucy und Sage zu Joanas älterem Bruder.

»Was soll das denn, Graham?«, fragt Joana und verschränkt die Arme vor der Brust. Endlich wendet sie ihren Blick von mir und Milla ab, um ihren Bruder vorwurfsvoll zu mustern.

»Seit wann verteidigst du denn Zufällige?«

»Du weißt, dass Vater es nicht billigt, wenn du andere Hexen niedermachst«, antwortet Graham und ahmt ihre Bewegung nach. Er wirkt dabei allerdings weit eindrucksvoller als seine Schwester.

Wahrscheinlich, weil dadurch seine Muskeln nur noch stärker unter dem weißen Hemd zum Vorschein kommen. Eine Jacke trägt er bei der herbstlichen Frische allerdings nicht.

»Danke, aber ich kann mich ganz gut selbst verteidigen«, knurre ich und stapfe endlich weiter, weil ich keine Lust mehr habe, mir dieses Geschwisterdrama ansehen zu müssen. Außerdem wirkt Joana im Moment viel zu abgelenkt. Die Chancen, dass sie mich in Ruhe lassen wird, stehen gut. Besser, ich ergreife jetzt die Flucht, als am Ende wieder zum Opfer ihrer Magie zu werden.

»Hat man ja gesehen«, meint der kleinste der drei Typen, der trotzdem noch fast einen ganzen Kopf größer ist als ich. Er lacht, als ich an ihm vorbeilaufe und beinah in einer sehr matschigen Pfütze ausrutsche. Ich kann mich gerade noch so abfangen, nicht zuletzt gestützt durch eine Hand, die mich an der Schulter gepackt hat.

»Tut mir leid, wenn ich deinen Stolz verletzt habe«, sagt Graham mit einem freundlichen Lachen, aber irgendetwas an seinem Blick gefällt mir nicht. Er scheint mich zu durchbohren, als würde er nicht mich sehen, nicht wirklich, sondern etwas anderes. Im nächsten Moment ist dieser Eindruck schon wieder verflogen, als er mich loslässt und ein Stück zurücktritt.

Weil mir keine bissige Antwort einfällt, stoße ich bloß ein tiefes Schnauben aus und gehe weiter, ohne die anderen eines Blickes zu würdigen. Ich tue einfach so, als wären sie nicht da, auch wenn mir das übertriebene Gelächter der Witch-Bitches noch bis weit jenseits der Kurve folgt. Leise schmatzende Geräusche hinter mir zeigen, dass Milla mir durch den Matsch auf der Straße folgt. Was für ein Glück, dass die anderen sie in Ruhe gelassen haben!

Als ich etwas Abstand zwischen mich und Joanas Grüppchen gebracht habe, kann ich endlich wieder durchatmen. Diesmal hat sie mich nicht angegriffen, vielleicht, weil mich ihr Bruder verteidigt hat. Oder weil sie sich die Klamotten nicht schmutzig machen wollte. Aber einen weiteren Angriff hätte ich wirklich nicht durchgehalten. Vor allem jetzt, da Lucy und Sage nicht hier sind, um mir zu helfen. Und Milla …? Nun, da bin ich mir nicht sicher, ob sie mir überhaupt beistehen könnte, wenn sie es wollte.

KAPITEL 14

Evan

Heute ist ein ziemlich ruhiger Tag im Café. Das kalte regnerische Wetter bringt noch weniger Kunden in unseren Schankraum als sonst. Dad meint, dass Codwyll bald aussterben wird, weil zu viele junge Leute in die größeren Städte ziehen und die Alten langsam wegsterben. Erst letzte Woche haben wir den alten McKenzie begraben müssen. Hatte wohl einen Herzinfarkt, während er am See spazieren gegangen ist, und ist ins Wasser gefallen. Ein paar Jagdhunde haben ihn später gefunden. Muss anscheinend kein schöner Anblick gewesen sein, denn der Sarg blieb zu. Nicht, dass der alte McKenzie je eine Augenweide gewesen wäre ...

Wenn doch nicht alle Tage so langweilig wären! Die Touristen lassen bis in den späten Herbst auf sich warten und die meisten Dorfbewohner sind mittlerweile so knausrig geworden, dass sie immer seltener bei uns einkehren. Hin und wieder wird es doch recht interessant, wenn die Mädchen aus dieser seltsamen Akademie zu Besuch kommen. Pfarrer Paul sagt zwar, dass niemals etwas Gutes aus den Mauern dieses alten Herrenhauses am See gekommen ist, aber trotzdem faszinieren sie mich.

Schon als Kind habe ich gerade die Gerüchte, die man sich über White Oak und Darkwood erzählt, am spannendsten gefunden. Der restliche Dorftratsch dagegen interessiert mich bis heute nicht sonderlich, aber mit Geschichten über die Hexen hat Mum mich immer zu ihren Kaffeekränzchen locken können, wenn Dad im Café zu viel zu tun gehabt hat, um auch noch auf mich aufpassen zu können. Aber das ist schon lange her ...

»Evan, nicht träumen, Tische abräumen«, ruft mir Dad vom Tresen aus zu, weil er mich mal wieder dabei erwischt hat, wie ich durch das große Glasfenster hinaus auf den Platz starre, der selbst um diese Uhrzeit völlig ausgestorben ist. Trotz der dicken Steinmauern des Cafés hört man den Wind draußen rauschen, ein sicheres Zeichen dafür, dass heute Abend noch ein Sturm über unser kleines Dorf hereinbrechen wird. Kein Wunder, dass bis auf die Schülerinnen von White Oak niemand vorbeigekommen ist. Die scheinen bei jedem Wetter draußen zu sein. Vermutlich sind sie sogar für das schlechte Wetter und den ständigen Regen verantwortlich, wenn man den Gerüchten Glauben schenken darf.

»Ja, ja«, murmele ich und mache mich daran, den einzigen noch gedeckten Tisch abzuräumen. Eigentlich sollte ich nicht über diese Mädchen motzen, schließlich lassen sie ganz schön viel Geld bei uns. Vor allem die drei, die heute gekommen sind, bestellen sich meist noch ein Extrastück Kuchen, als gäbe es dort in ihrer komischen Schule nichts zu essen. Wobei, so sehen die jetzt nicht unbedingt aus.

Ich schnappe mir den nassen Lappen vom Tresen und mache mich mit einem leisen Seufzen daran, den Tisch direkt am Fenster zu säubern. Erst sammele ich das Geschirr ein und bringe es zur Durchreiche in die Küche, dann wische ich über die Oberflächen und manchmal auch über die Sitzflächen, wenn jemand nicht über seinem Teller hat essen können. Ich hasse es, wenn Brösel auf dem Boden und auf den Sitzflächen rumliegen.

»Lockt nur die Mäuse an«, sagt Dad immer und wirft mir dann einen Lappen zu. Meistens lässt er mich die Drecksarbeit machen. Er selbst hat keine Lust dazu. Seitdem Ma nicht mehr aushelfen kann, weil sie sich um ihre Gran kümmern muss, sind wir zwei mehr oder weniger allein. Ein Heim können wir uns nicht leisten und Dad weigert sich, Gran bei uns einziehen zu lassen, weil die beiden sich noch nie haben ausstehen können. Also verbringt Ma die meiste Zeit bei ihrer Mutter, während Dad und ich versuchen, das Café am Laufen zu halten.

»Uns gibt es schon seit zehn Generationen, Sohn. Deine Vorfahren würden sich im Grab rumdrehen, wenn wir das im See versenken«, hat Dad immer gesagt, wenn ich versuche, mit ihm und Ma über meine Zukunft zu sprechen. Wie all die anderen jungen Leute hier habe ich nach dem Schulabschluss auch in eine größere Stadt ziehen wollen. Ich will einfach hier raus, etwas anderes sehen als den dämlichen See und die verdammten Berge, die uns vom Rest der Welt abkapseln. Das Café mag seit Ewigkeiten im Familienbesitz sein, aber vielleicht ist es Zeit, ein neues Abenteuer zu starten. Dass Dad und Ma mit ihrem Leben nicht zufrieden sind, sieht man ihnen wirklich an. Ich glaube, ich habe sie seit Jahren schon nicht mehr lächeln sehen. Dad macht mit den wenigen Stammkunden zwar seine Witze, aber meistens bekommen die dann ein freudloses Lachen zu hören. Aber was sollen die beiden auch tun? Ma muss sich um Gran kümmern. Und Dad? Bis auf Bierchen kippen und mit den Einheimischen quatschen, hat er nicht wirklich viel auf dem Kasten. Das sagt Ma immer, wenn sie die Abrechnungen sieht, die in den letzten Monaten immer häufiger ins Rote abgerutscht sind. Eine Schande, wenn man bedenkt, dass der Laden früher richtig gebrummt hat, wie Großvater sagen würde. Ich kann mich noch erinnern, dass jeden Tag alle Tische restlos besetzt gewesen sind. Damals habe ich hinten in der Küche auf einem umgedrehten Eimer gestanden und Ma beim Spülen geholfen, weil sie sonst nicht mehr hinterhergekommen wäre. Großvater hat Leute sogar wegschicken müssen, wenn wir keinen Platz mehr hatten. Meistens konnte er ihnen dann aber doch noch einen Kaffee aufschwatzen, mit dem sich die Leute irgendwo auf den Dorfplatz gesetzt und die Tassen nach einer Weile zurückgebracht haben.

Heute sieht das schon ganz anders aus. Ziemlich leer, um genau zu sein.

Ich will gerade über den einen Stuhl wischen, wo sich tatsächlich einige Krümel angesammelt haben, als mein Blick auf etwas Schwarzes fällt, das die Hälfte des hellbraunen Leders verdeckt. Ein Schal. Die Mädchen müssen ihn vorhin vergessen haben.

Ich lasse den Lappen sinken und schaue mich um. Niemand zu sehen. Sie sind längst weg, vermutlich schon fast wieder bei ihrer Schule. Normalerweise liegen Fundsachen immer auf dem obersten Regal der Garderobe und warten, meist vergeblich auf ihre Besitzer, aber heute … So sehr uns Pfarrer Paul sonntags immer einbläut, dieses Hexenpack von White Oak zu meiden, ist ein bisschen kindliche Neugier und Faszination geblieben. Ich weiß, dass es falsch ist, dass ich mich von ihnen fernhalten soll, schließlich geht es bei denen nicht mit rechten Dingen zu. Trotzdem … Wer würde nicht wissen wollen, was hinter diesen alten Mauern so vor sich geht? Ob die Gerüchte tatsächlich stimmen? Ich bin mir sicher, nächsten Sonntag behauptet Pfarrer Paul, dass der alte McKenzie nicht am Herzinfarkt oder dem Seewasser in seinen Lungen gestorben ist, sondern den Teufelsanbetern zum Opfer gefallen sei. Schließlich ist er nicht weit von White Oak entfernt gefunden worden.

Aber können sie das wirklich? Jemanden tothexen? Ich kann mir nicht vorstellen, dass vier ganz normal aussehende Mädchen mit dem Teufel im Bunde stehen. Um ehrlich zu sein … Ich weiß nicht so recht, was ich glauben soll. Ob es Himmel und Hölle gibt, oder nach dem Tod einfach gar nichts kommt und all das, was Pfarrer Paul predigt, nichts weiter als blödes Geschwätz ist. Aber der Schal ist mein Weg, zumindest etwas Licht in dieses Dunkel zu bringen. Etwas mehr über diese Schule herauszufinden, weil sich dank dem Pfarrer und seinen Vorgängern sonst niemand aus Codwyll zehn Meter bis vor die Eingangstür wagt.

»Ich muss was besorgen«, rufe ich Dad von der Garderobe aus zu, die neben der Tür zur Küche hängt. Ich schnappe mir meine Jacke und schlüpfe auf dem Weg nach draußen hinein. Mit jedem Schritt, den ich mich vom Café entferne, schlägt mein Herz schneller. Eigentlich sollte ich Angst haben, falls doch etwas an den Gerüchten dran ist, aber ich bin viel zu neugierig, um mir darüber Gedanken zu machen. Sicher ist das alles nur ein blödes Ammenmärchen, und entspricht nicht der Wahrheit. Für all die Gerüchte gibt es eine Erklärung, aber trotzdem … Die Schülerinnen von White Oak und auch die Schüler von Darkwood sind manchmal in ziemlich merkwürdige Missgeschicke verwickelt, für die bisher noch niemand eine logische Erklärung gefunden hat. Bis auf Hexerei natürlich.

Mit dem Schal in der Hand mache ich mich auf den Weg zum alten Herrenhaus mitten im See, schlage dabei den von Matsch und Pfützen durchlöcherten Waldweg ein, die einzige Straße, die nach White Oak führt. Alle anderen hier in Codwyll sind gepflastert, nur diese eine nicht, weil der Bürgermeister sich seit Jahren weigert, den Antrag der Schulleiterin genehmigen zu lassen. Wer weiß, was sich dann noch für Gesocks herumtreibt, sollte die Straße erst einmal befestigt werden? Seine Worte, nicht meine.

Je weiter ich laufe, umso lauter wird es auf dem Weg vor mir. Es hört sich fast nach einer Auseinandersetzung an, also drossele ich mein Tempo und bewege mich leiser vorwärts. Erneut kommen mir die Worte von Pfarrer Paul in den Sinn.

»Wagt euch niemals allein in die Gesellschaft von mehreren von denen. Sie verhexen euch schneller als ihr Ja und Amen sagen könnt«, dröhnt seine monotone Stimme durch meinen Kopf, so laut, dass ich zusammenzucke und beinahe auf einen Ast getreten wäre. Die einzige Emotion, die ich jemals in seiner Stimme gehört habe, ist Hass. Hass gegenüber den Leuten, die White Oak und Darkwood bewohnen. Hass den Touristen gegenüber, die von ihrer Neugier so tief in die Highlands getrieben werden und für zusätzliche Einnahmen sorgen. Und Hass gegenüber denjenigen, die es wagen, das Hexenpack zu verteidigen.

Aber an seiner Warnung ist vielleicht etwas Wahres dran. Wieso soll er sonst so besessen davon sein, die Bewohner White Oaks und Darkwoods zu vertreiben? Warum zieht es all die Touristen im Herbst in die Region? Doch nicht nur, um an den Steinkreisen hier in der Gegend zu saufen? Irgendetwas Übernatürliches geht hier vor sich, also beschließe ich, die Straße links liegen zu lassen und schlage mich durch den Wald, der links und rechts des Ufers von Loch Codwyll in die Höhe wächst. Von endlosen Stunden auf der Jagd mit Großvater weiß ich, wie man sich lautlos über den mit Ästen und Laub bedeckten Boden bewegt. So werden sie mich nicht bemerken und vielleicht erfahre ich dann mehr darüber, ob das, was die Alten im Dorf reden und Pfarrer Paul in der Kirche predigt, tatsächlich der Wahrheit entspricht.

Ich halte mich ein paar Meter parallel zum Weg nach White Oak und bewege mich langsam durch den Wald. Vorsichtig steige ich über Wurzeln und Äste und weiche den Dornenranken der Brombeersträucher aus, die in diesem Teil des Waldes den Boden überwuchern. Weiter vorne auf dem Weg höre ich Stimmen doch bin ich noch zu weit weg, um sie zu verstehen.

Erst als der Weg eine Biegung macht, fällt mein Blick zwischen zwei alten Eichen hindurch auf eine Gruppe junger Leute. Zwei der Mädchen aus dem Café sind dabei, aber auch ein paar andere, die so überhaupt nicht nach Codwyll passen, eher in eines der Modemagazine, die Ma früher gelesen und dann für unsere Gäste ausgelegt hat. Und ein paar Typen sind auch dabei, Schüler aus Darkwood, stelle ich fest, als ich mich noch etwas näher heranwage.

Arrogante Schnösel!

Ich bin noch immer zu weit weg, als sich die Gruppe auflöst, aber es zeichnet sich ziemlich stark ab, dass zumindest die Mädchen nichts füreinander übrighaben. Interessant … Ist das doch nicht so eine geschlossene Gemeinschaft, die man fürchten muss, wie Pfarrer Paul uns immer glauben lässt?

Ich bewege mich etwas näher an die Gruppe heran. Und während der Großteil, der sich gerade auf den Weg Richtung Codwyll macht, in hämisches Gelächter ausbricht, stapft das Mädchen, das neu zu den Schülerinnen von White Oak gestoßen ist, mit hängenden Schultern weiter zu ihrer Schule. Die letzte Auseinandersetzung mit den anderen muss sie ziemlich mitgenommen haben. Wenn er wüsste, dass sich gerade ein Hauch von Mitleid in mir regt, würde mich Pfarrer Paul hundert *Vater-unser* beten lassen. Dieses Mädchen wirkt so normal und so verloren zugleich. Wie kann man da nicht mit ihr fühlen?

Während die neue Schülerin hinter einer scharfen Kurve verschwindet, steht das Mädchen, das ich am Anfang auf sieben oder acht Jahre geschätzt habe, in ihrer viel zu großen Winterjacke noch eine Weile unschlüssig auf dem Weg, ehe sie der anderen Richtung Schule folgt. Ich tue es ihr gleich, bleibe allerdings weiterhin im Schutz der Bäume, immer darauf bedacht, den beiden nicht aufzufallen. Keine Ahnung, warum ich ihnen nicht einfach den Schal übergebe und zurück nach Hause gehe, aber irgendetwas hält mich davon ab. Meine eigene Neugier, meine Faszination für das, was hinter den moosbewachsenen Mauern der Schule vor sich geht.

Ein lauter Schrei weit über meinem Kopf lässt mich zusammenzucken. Sicher nur eine der Krähen, aber das Geräusch kommt so unerwartet, dass ich abrutsche und unvorsichtig werde. Mein nächster Schritt trifft ausgerechnet einen trockenen Ast, der laut knackend unter meinem Fuß zerbricht. Das war's dann wohl mit meiner Undercovermission …

In einem Moment sehe ich noch, wie die Köpfe der beiden Mädchen in meine Richtung herumrucken, im nächsten werde ich bereits aus dem Gebüsch geschleudert und lande im Matsch. Ich spüre, wie die Steine, die darunter verborgen sind, meine Haut aufreißen, und mein Kopf gegen etwas Hartes stößt. Dann ist es genauso schwarz um mich herum, schwärzer noch als der Schal, den ich noch vor wenigen Sekunden in der Hand gehalten habe. Und ich sinke tiefer hinab, als hätte man mich mit Steinen an den Füßen in den See geworfen.

KAPITEL 15

Isa

Bevor unser Verfolger vor mir auf dem Boden schlägt, weiß ich, dass ich einen Fehler gemacht habe. Das wird noch deutlicher, als ich das Gesicht erkenne.

Evan, der missmutige Kellner.

Evan, der genauso vor mir liegt, wie Mike, als ich ihn in dieser schrecklichen Nacht gegen die Wand im Flur geschleudert habe. Oder wie Thomas, den ich dank meiner übernatürlichen Macht einige Stunden davor gegen die Bücherregale im Anwesen der Pemberleys gepresst hatte. Aber da ist kein Blut auf dem Boden, vielleicht kann ich es nicht sehen, weil es langsam dunkel wird und der Matsch Evans halbes Gesicht einhüllt.

»Scheiße!«, stoße ich hervor, wobei Milla neben mir heftig zusammenzuckt. Meine Atmung beschleunigt sich, während die Magie in meinem Inneren noch immer außer Kontrolle ist. Ich bekomme kaum noch Luft, als würde ich in meiner Angst, die plötzlich wahr geworden ist, ertrinken. Noch ein Mensch, der meinen unkontrollierbaren Kräften zum Opfer gefallen ist. Ich drehe mich einmal im Kreis, suche nach Hilfe, aber Milla und ich sind ganz allein auf der matschbedeckten Straße, kein Ausweg in Sicht. Was soll ich tun? Was mache ich denn jetzt mit ihm, verdammt?

»Ist er tot?«, fragt Milla leise, weicht allerdings ein Stück zurück, anstatt noch näher zu kommen. Gott, was mache ich, wenn er tot ist?

Dann haben wir gleich den ganzen Ort gegen uns. Professor Paoli wird mich hochkant aus White Oak rauswerfen und das war's dann.

Scheiße!

In diesem Moment bricht alles über mich herein: der Stress der letzten Tage, die Angst und die fehlende Kontrolle über die Kräfte, die in meinem Inneren lauern und immer mehr Menschen schaden. Ich sacke neben Evan zusammen, schlage mir die Hände vors Gesicht und mache mich so klein, als könnte ich direkt hier in diesem Schlamm versinken. Und genau das hätte ich am liebsten getan. Wieder erklingen schmatzende Geräusche in der Entfernung, Schritte, die sich uns nähern. Hoffentlich niemand aus dem Dorf. Hoffentlich sieht uns hier keiner.

»Was ist passiert?«, rufen Sage und Lucy fast zeitgleich, als sie uns sehen. Ihre Schritte beschleunigen sich, vermutlich, weil sie erkannt haben, dass dort vor mir ein lebloser Körper im Matsch liegt.

Tränen laufen mir übers Gesicht, schlagen Furchen in die Schlammschicht auf meinen Händen, verschleiern meine Sicht. Ich habe keine Ahnung, was in den nächsten Minuten passiert. Alles dreht sich, wieder und wieder wird mir schwarz vor Augen, mir ist furchtbar schlecht und ich habe das Gefühl, dass ich mich gleich übergeben muss. Ein schrilles Klingeln ertönt in meinen Ohren, das jegliche andere Geräusche auslöscht. Ich verstehe nicht, was die Mädchen zu mir sagen. Nicht einmal denken kann ich in diesem Moment. Meine Hände und Beine zittern so heftig, dass ich es selbst kaum glaube, wie ich es ohne Hilfe zurück zur Schule geschafft habe.

Als das Sirren in meinem Kopf langsam nachlässt und ich endlich wieder klar denken kann, sitze ich in einem Gästezimmer unter dem Dach der Akademie, das fast genauso eingerichtet ist wie das Zimmer während meiner ersten Nacht in White Oak. Aber heute bin ich nicht allein und kann mich nicht unter den muffigen Decken verstecken. Evan, noch immer bewusstlos und furchtbar blass, liegt auf dem Bett, während ich mich auf dem Stuhl daneben wiederfinde. Seine Brust hebt und senkt sich so langsam, dass ich glaube, ihn umgebracht zu haben. Für eine Sekunde beschleicht mich der schreckliche Gedanke, dass er wirklich tot ist.

»Was habe ich nur getan?«, frage ich leise und blicke auf den leblosen Körper vor mir. Noch ein Unschuldiger mehr.

Eine Berührung an meiner Schulter lässt mich zusammenzucken. Ich falle vom Stuhl, und werde gerade noch so von zwei Händen aufgefangen, die in bunten Ärmeln stecken und mir vorsichtig aufhelfen. Mehrere Armreife und Perlenketten klimpern bei der Bewegung.

»Keine Angst, ich bin es bloß«, sagt Professor Paoli, das Gesicht zwar ernst, aber die Stimme freundlich. Diesmal hat sie allerdings kein aufmunterndes Lächeln für mich übrig.

Jetzt schmeißt sie mich raus, denke ich, während sich mein Unterbewusstsein in aller Deutlichkeit ausmalt, was danach mit mir passieren wird. Der endgültige Kontrollverlust, dass mich die Magie auffrisst und ich ihr letztes Opfer werde. Eine Schneise der Zerstörung, die ich durch die angrenzenden Dörfer dieser Region schlagen werde, sobald sie mich mit meinen Sachen auf die matschige Straße setzen. Zumindest stelle ich es mir so vor, wenn ich plötzlich ganz allein mit diesen Kräften bin und niemanden mehr habe, der mir beibringt, damit umzugehen.

Ich kann mich jetzt schon kaum zusammenreißen. Wie wird es dann erst, wenn ich vollkommen auf mich allein gestellt in diese Welt hinausgeschickt werde, die gefährlicher ist, als die meisten Menschen glauben?

»Mach' dir keine Sorgen, das passiert jedem mal«, sagt die Schulleiterin entgegen meiner Erwartungen und lässt sich auf das Bett sinken, die Hand noch immer fest auf meiner Schulter.

Müsste sie nicht eigentlich wütend auf mich sein? Schließlich habe ich gerade die gesamte Existenz der Nachwelt in Gefahr gebracht. Wenn die Bewohner Codwylls erfahren, dass ich einem von ihnen geschadet habe, werden sie ganz sicher nicht eher ruhen, bis die Schule geschlossen und damit eine der wenigen Anlaufstellen für Hexen wie mich zerstört ist.

»Wenn er in ein paar Stunden aufwacht, dann ist er wieder ganz der Alte. Er wird sich an nichts erinnern, keine Sorge, du brauchst nichts zu befürchten«, versucht Professor Paoli mich zu beruhigen und nickt mit ihrem spitzen Kinn Richtung Evan. Auch heute ist sie wieder wie ein knallbunter Farbklecks in mitten all dem Weiß und Schwarz, den vorherrschenden Farben in White Oak. Sie ist der Mittelpunkt aller Aufmerksamkeit, meiner Aufmerksamkeit, weil ich nicht verstehe, wie sie so ruhig bleiben kann.

Professor Paoli scheint das zu bemerken und schenkt mir nun doch ein Lächeln.

»Wie gesagt, das kommt in den besten Kreisen vor. Vor allem, wenn man so viel Magie in sich trägt wie du«, sagt sie und stupst mir direkt auf die Stelle unterhalb von meinem Hals. Da, wo ich meine Magie immer am deutlichsten spüre, bevor sie aus mir hervorbricht. »Und wenn du dich davor fürchtest, wird es noch wahrscheinlicher, dass sie unkontrolliert aus dir herausströmt, Isa.«

Sie nimmt die Hand wieder weg und beobachtet mich.

Genau das habe ich jetzt schon ein paar Mal erlebt: dass meine Gefühle alles nur noch schlimmer machen, aber ich habe keine Ahnung, wie ich endlich die Kontrolle darüber erlange. Ich meine, wie kann ich mich nicht davor fürchten?

»Weil ich eine Zufällige bin«, sage ich und in meiner Stimme schwingt fast so viel Abscheu bei dieser Bezeichnung mit, wie Joana dafür übrighat.

»Das hat damit nichts zu tun. Auch einige aus den großen Hexenfamilien, die ihr Leben lang von Magie umgeben sind, haben damit ziemlich zu kämpfen. Das kannst du mir glauben. Aber wenn du magst, kann ich dich ein wenig unter meine Fittiche nehmen. Dir zeigen, wie du deine Magie besser in den Griff bekommst«, bietet Professor Paoli an, was mich nur noch mehr verwundert. Eigentlich habe ich mit einer Strafe gerechnet, nicht mit Hilfe.

»Guck‹ nicht so verwirrt. Es kommt schonmal vor, dass einer der Professoren sich als Mentor für Schüler einsetzt. Da du erst seit kurzem von der Existenz der Nachtwelt weißt, hast du gewisse … Defizite im Vergleich zu deinen Mitschülern. Ich kann dir dabei helfen, sie aufzuholen.«

Ihr Lächeln wird breiter und weckt in mir eine Hoffnung, die ich nach den letzten Ereignissen für unmöglich gehalten habe. Die Art und Weise, wie mich Professor Paoli ansieht, wie sie mit mir spricht und ihre positive Art, geben mir das Gefühl, doch nicht ganz so wertlos zu sein, wie ich mich in den letzten Tagen gefühlt habe.

»Und Sie glauben, das hilft was?«, frage ich, weil der Unterricht, den ich heute miterlebt habe, nicht gerade dazu beigetragen hat, meine Fähigkeiten zu kontrollieren. Der Stein, mit dem ich Joana fast ein Loch in den Kopf geschlagen habe, ist das beste Beispiel dafür.

»Natürlich. Und je eher wir damit anfangen, desto besser«, sagt Professor Paoli und klopft mir fest auf die Schulter. »Nicht mehr lange und du hast deine Zauberkraft im Griff. Bis dahin solltest du dich besser nicht aufregen.«

Das ist leichter gesagt als getan, wenn mir neben gefährlichen Nachtwesen auch noch Joana und ihre Truppe auflauern. Aber Professor Paoli hat recht. Das hier scheint der einzige Weg zu sein. Und weil sie sich so zuversichtlich anhört, lösen sich meine Zweifel langsam in Luft auf. Ich glaube nicht, dass sie mich deswegen anlügen würde.

Also, vielleicht ... Vielleicht habe ich ja doch noch eine Chance.

KAPITEL 16

Lucy und Sage holen mich zum Abendessen ab, auch wenn ich lieber bei Evan geblieben wäre. Ich will nicht, dass er ganz allein aufwacht und verwirrt durch White Oak wandert. Am Ende läuft er noch Joana in die Arme …

»Mrs. Crumple kümmert sich schon um ihn und bringt ihn später in den Wald«, versichert mir Lucy bereits zum dritten Mal, als wir die Treppen zum Erdgeschoss hinuntersteigen. »Sie braucht nur etwas länger, um hier hochzukommen.«

»Das habe ich gehört, junge Dame«, ertönt eine heisere Stimme aus dem unteren Stockwerk.

Ich bleibe erschrocken stehen und wäre fast über meine eigenen Füße gestolpert, aber Lucy zuckt bloß mit den Schultern und geht weiter.

»Diese alte Schachtel«, höre ich sie murmeln, als sie an mir vorbeigeht und mich die Treppen hinunterzieht.

»Nach dem Abendessen sollst du nochmal zu Professor Paoli«, sagt Sage, bevor wir den Speisesaal betreten. »Es kommt nicht oft vor, dass die Schulleiterin sich als Mentorin zur Verfügung stellt.«

Noch bevor ich sie fragen kann, was das zu bedeuten hat, ist sie schon im Saal verschwunden und bekommt gleich von Miss Martha, der Köchin von White Oak, einen Teller in die Hand gedrückt, der bis zum Rand gefüllt ist. Ich folge ihr in den Saal, der über den See hinausragt, und nehme meinen Teller entgegen. Der Goldrand ist schon etwas verblasst und das Besteck, das ich mir vom Speisewagen nehme, könnte auch mal wieder eine Politur gebrauchen. Alles hier in White Oak sieht ein wenig abgetragen und ramponiert aus. Die Bilder an den Wänden, hier im Speisesaal natürlich Stillleben mit viel Obst und Wein, verblassen langsam, die meisten Spiegel sind blind und in jeder Ecke finden sich Spinnweben. Auf den ersten Blick nicht gerade einladend, aber es sind Hexen wie Professor Paoli oder Miss Martha, die diesen Ort weit gemütlicher wirken lassen, als er eigentlich ist.

»Schön aufessen, Kinder. Wir wollen doch nicht, dass ihr vom Fleisch fallt, so dürr wie ihr seid«, ruft sie uns hinterher, als wir uns mit den Tellern in der Hand an einen der Tische setzen. Meiner trieft nur so von brauner Soße, sodass ich ihn ganz vorsichtig tragen muss, um nichts zu verschütten. Das erinnert mich an etwas, das Granny Sue immer gesagt hat, wenn wir bei ihr zum Essen zu Besuch waren. »Es muss schwimmen, Kind!« Und dann hat sie sich gleich noch einen Schöpfer Soße über ihren Braten gekippt, als wolle sie ihn ertränken.

»Wenigstens das Essen ist gut hier«, murmelt Sage, als sie mit dem Abendessen beginnt und lächelt selig, kaum dass sie den ersten Bissen runtergeschluckt hat. Milla hat bereits auf uns gewartet und sich eine der roten Stoffservietten umgebunden. Im dämmrigen Licht des Kronleuchters, bei dem ein paar Lampen zu fehlen scheinen, sieht es fast so aus, als würde Blut aus ihrer Kehle hervordringen. Sie sagt keinen Ton, als wir uns zu ihr setzen. Dafür ist sie zu sehr damit beschäftigt, sich den Mund mit Essen vollzustopfen, wobei mehr Soße auf ihren Wangen und der Stoffserviette landet als in ihrem Mund.

Ich bin noch immer viel zu erschrocken über meinen letzten Ausbruch, als dass ich das Essen genießen könnte. Außerdem spüre ich ständig die Blicke der beiden älteren Schülerinnen, die an einem Tisch am anderen Ende des Saals sitzen, als hätte sich bereits herumgesprochen, was ich getan habe. Aber wenigstens ist Joana nicht hier. Einer weiteren Auseinandersetzung mit ihr wäre ich nicht gewachsen gewesen.

Sage, Lucy und Milla genießen schweigend das Essen, während ich aus dem Fenster starre, auch wenn man zu dieser Zeit längst nichts mehr erkennen kann. Nur die Spiegelungen des Lichts auf dem dunklen See, der die gesamte Schule umgibt. Keiner scheint so richtig darüber sprechen zu wollen, was auf dem Nachhauseweg passiert ist. Ich am allerwenigsten, weswegen ich den drei dankbar bin, dass sie mich in Ruhe lassen. Ich muss erst einmal alleine damit zurechtkommen, bevor ich mit ihnen darüber reden kann. Wenn ich überhaupt jemals darüber sprechen kann. Am liebsten würde ich das alles vergessen. Hätte mich Professor Paoli nicht auch verzaubern können? Ein Blick auf Evan wird genügen, um die Erinnerungen und die Schuldgefühle erneut in mir hervorzurufen, die mich nur langsam verlassen. Aber mittlerweile habe ich mich wieder einigermaßen beruhigt, wofür vor allem Professor Paoli Dank gebührt.

»Findest du ihr Büro auch alleine?«, fragt Sage, als wir die Teller zurück auf den Servierwagen von Miss Martha stellen. Auf meinem ist immer noch ziemlich viel Soße drauf, was mir einen vorwurfsvollen Blick einbringt, mehr aber auch nicht. Zum Glück!

»Klar, musste ich ja auch nach der letzten Fokus-Stunde … «, entgegne ich, wobei ich die aufkommenden Erinnerungen an diesen blöden Flusskiesel und Joanas Kopf einfach ignoriere und mich stattdessen auf den Weg zur Schulleiterin mache.

Professor Paoli hatte recht. Jeder hier könnte mein Feind sein, auch Graham, der mich davor bewahrt hat, mit dem Kopf voraus im Matsch zu landen. Von Joana und Konsorten ganz zu schweigen. Je eher ich diese blöden Kräfte in den Griff bekomme, umso sicherer ist es für alle Beteiligten.

Mit diesem Gedanken erreiche ich Professor Paolis Büro. Ihr Name auf einer Goldplakette, die jemand auf die dunkle Tür aufgebracht hat, ist noch sehr gut zu lesen, im Gegensatz zu manch anderen an den restlichen Türen White Oaks, die so stark angelaufen sind, dass man sie schon fast nicht mehr entziffern kann, wie mir heute bei meinem Rundgang mit Sage aufgefallen ist.

Als ich klopfe, schwingt die Tür auf, wie auch schon bei unserem ersten Besuch bei der Schulleiterin, ohne dass Professor Paoli sie berührt hat. Sie sitzt an ihrem Schreibtisch am anderen Ende des Zimmers über einige Bücher gebeugt und scheint mich gar nicht recht zu bemerken. Erst, als ich den

Stuhl vor ihrem Schreibtisch erreiche, hebt sie den Kopf und lächelt mich an. Es ist dasselbe Lächeln wie vorhin, voller Aufmunterung und so freundlich, dass ich ein bisschen Angst habe, es könnte falsch sein. Jeder hier könnte mein Feind sein, hat sie gesagt. Vielleicht auch sie? Möglicherweise war das eine versteckte Warnung an mich …

Ich muss wachsam bleiben, aber jetzt bin ich erst einmal froh, jemanden gefunden zu haben, der sich etwas mehr als zwei Stunden am Tag Zeit nimmt, um mir beizubringen, wie ich meine Magie kontrollieren kann.

»Guten Abend, Isa. Hast du dich ein bisschen beruhigt?«, fragt sie, ohne dass das Lächeln an Strahlkraft verliert.

Ich zucke mit den Schultern, weil ich mir sicher bin, dass sie sowieso spürt, wie es mir geht. Sie scheint dafür ein Auge zu haben, vielleicht sogar eine Gabe.

»Setz dich. Ich denke, wir sollten zuerst daran arbeiten, deine Magie in den Griff zu bekommen. Danach können wir uns mit anderen Themen beschäftigen«, schlägt sie vor, ohne sich mit Smalltalk aufzuhalten. Professor Paoli scheint nicht der Typ dafür zu sein. Sie spricht die Dinge an, wie sie sind, auch wenn sie dabei manchmal etwas zu direkt ist, wie ich von Sage gehört habe. Trotzdem ist mir das allemal lieber als Professor Flints Geschleime gegenüber Joana und deren Vater.

»Ist wohl auch besser so«, sage ich, was ihr ein leises Lachen entlockt. Ihre Hand wandert kurz in eine Schublade seitlich des Tisches, ehe sie sie wieder auf den Schreibtisch ablegt. Ein kleiner Gegenstand kommt unter ihren Fingern zum Vorschein. Sie schiebt mir das Objekt über die Tischplatte zu. Wieder ein Stein, diesmal allerdings mit einem Loch in der Mitte, als hätte er einst zu einer Kette gehört. Ich folge ihrer Aufforderung etwas langsam und lasse mich auf den samtbesetzten Stuhl vor ihr sinken und betrachte den kleinen Gegenstand.

»Lass ihn schweben«, weist sie mich an, ehe sie sich wieder ihren Büchern zuwendet.

Das ist alles? Ihn schweben lassen, so wie bei Professor Flint? Na toll! Eigentlich habe ich mir etwas mehr erwartet, vor allem, nachdem Sage so merkwürdig reagiert hat.

Es kommt nicht oft vor, dass die Schulleiterin sich als Mentorin zur Verfügung stellt.

Diese Worte rauschen mir durch den Kopf, während ich den kleinen Stein vor mir auf dem Tisch betrachte. Er hat eine rötliche Färbung, anders als der Flusskiesel, den mir Professor Flint in die Hand gedrückt hat. Und auf den zweiten Blick sind noch weitere Vertiefungen erkennbar, wenn auch nicht so groß wie das Loch in der Mitte.

Als ich ihn in die Hand nehme, fühlt sich die Oberfläche rau an, aber mich überkommt diesmal nicht das Gefühl, als würde mir Wasser über die Hand laufen. Merkwürdig … Wahrscheinlich bin ich in der ersten Unterrichtsstunde einfach zu aufgeregt gewesen und meine Fantasie hat mir einen Streich gespielt.

Den Blick auf den Stein gerichtet, atme ich tief ein und seufze. Schon bei Professor Flint hat es nicht funktioniert. So sehr ich dem Kiesel auch befehle, sich zu heben, es tut sich einfach nichts. Professor Paoli ist mir leider auch keine Hilfe, denn seit ich den Stein in die Hand genommen habe, hat sie nicht mehr von ihren Büchern aufgeblickt. Stattdessen macht sie sich irgendwo Notizen, blättert zwischen den Seiten und das ziemlich laut, sodass meine Konzentration ohnehin gestört ist. Seit den Ereignissen von heute Nachmittag liegen meine Nerven blank. Wenn das nicht sofort funktioniert, fürchte ich, dass ich einen Nervenzusammenbruch erleiden werde. Nach der Sache mit Evan brauche ich wirklich dringend ein Erfolgserlebnis, ein bisschen Hoffnung.

»Bitte, bitte, schweb in der Luft«, flüstere ich dem Stein zu und versuche, die Magie in meinem Inneren auf ihn zu leiten. Als weißes Leuchten von der Stelle über meinem Brustbein hinauf in meine Schulter, bis in meinen rechten Unterarm, von dort aus ins Handgelenk und von der Hand schließlich in den Stein. Aber so gut ich es mir vorstelle, es funktioniert einfach nicht. Unterdessen wirbeln meine Gedanken durch meinen Kopf, während ich jeden einzelnen Augenblick noch einmal durchlebe, in dem ich bisher Magie gewirkt habe. Wieder brodelt es in meinem Inneren, der Stein beginnt unter meinen Anstrengungen tatsächlich zu beben. Mehr aber auch nicht.

Langsam stellt sich Frustration ein, vor allem, weil ich mir durch das laute Ticken der Penduhr in der hinteren Ecke von Professor Paolis Arbeitszimmer immer deutlicher bewusst werde, wie schnell die Zeit vergeht. Sekunde um Sekunde um Sekunde versuche ich diesen verdammten Stein in die Luft zu bekommen, aber nichts scheint zu helfen. Er will einfach nicht. Irgendwann halte ich es nicht mehr aus und knalle den Kiesel auf den Schreibtisch, in der Hoffnung, Professor Paolis Aufmerksamkeit zu erlangen.

»Ich kann das einfach nicht«, sage ich. Sollte sie mir nicht beibringen, wie ich meine Magie kontrolliere? Dann wäre es auch angebracht, mir spezifische Anweisungen zu geben. Bisher habe ich keine Ahnung, wie ich diesen verdammten Stein in die Luft bekommen soll.

»Hast du schon einmal daran gedacht, dass es bei der Übung nicht darum geht, den Stein zum Schweben zu bringen?«, fragt Professor Paoli und schiebt sich die Brille von der Nase auf den Kopf, um mich besser ansehen zu können.

»Aber haben Sie mir nicht gesagt, dass ich genau das tun soll?«, entgegne ich und schüttle verwirrt den Kopf. Ich verstehe die Welt echt nicht mehr. Seitdem diese bescheuerten Kräfte aus mir hervorgebrochen sind, läuft nichts mehr so, wie ich es gewohnt bin.

»Du musst dich erst von allen Gedanken und Gefühlen freimachen, dich richtig konzentrieren, dann funktioniert es auch. Deswegen sollst du dich auf den Stein fokussieren. Es hilft manchmal, die Aufmerksamkeit auf das Wesentliche zu richten, um Kontrolle zu erlangen«, erklärt sie, und trägt dabei das erste Mal etwas Nützliches zum Unterricht bei. Warum hat sie das denn nicht gleich gesagt? Das hätte die Sache sicher einfacher gemacht, zumindest ein bisschen.

Aber sich von all dem freizumachen, ist leichter gesagt als getan. Im Moment herrscht nur unglaubliches Chaos in meinem Kopf. Das kann ich nicht einfach durch das Anstarren eines Steins zum Schweigen bringen.

Ganz im Gegenteil. Das macht es ja fast nur noch schlimmer, weil ich dann allein mit meinen Gedanken bin.

»Versuche es noch einmal. Nur einmal«, bittet Professor Paoli und deutet auf den Stein auf der Tischplatte. Erst jetzt merke ich, dass ich eine kleine Delle in das ohnehin schon mitgenommene Holz geschlagen habe. Aber sollte die Schulleiterin es bemerkt haben, sagt sie dazu nichts.

Ich atme tief durch und versuche wirklich, mich auf den Stein zu konzentrieren, auf nichts anderes. Bisher gelingt es mir, was aber nicht heißt, dass ich den Stein zum Schweben bringen kann. Aber jetzt, wo ich weiß, was mir dabei helfen kann, fällt es mir etwas leichter, all die anderen Gedanken auszublenden, wenn auch nicht vollkommen. Das ist immerhin ein Anfang, den Anfang, den ich gerade dringend benötige.

Die Uhr hat bereits zweimal geschlagen, als Professor Paoli wieder von ihren Büchern aufblickt und über den Tisch hinweg eine meiner Hände ergreift. Gerade habe ich es einmal geschafft, den Stein kurz in der Luft schweben zu lassen. Weil ich mich so sehr gefreut habe, ist er gleich wieder heruntergeflogen. Mein Triumphgefühl hat meine Konzentration einfach zu sehr gestört.

Es fällt mir immer schwerer, mich auf den Kiesel in meiner Hand zu konzentrieren, weil mir ständig die Augen zufallen. Meine Kräfte schwinden allmählich, aber mich hat ein Fieber gepackt, das ich so schnell nicht mehr loswerde.

»Du solltest lieber ins Bett gehen«, rät mir Professor Paoli, die mir angesehen haben muss, dass die letzten paar Tage nun langsam ihren Tribut fordern. Auch wenn ich bei dieser privaten Unterrichtsstunde nicht wirklich etwas geschafft habe, fühle ich mich nicht mehr ganz so schlecht.

»Gute Nacht, Isa«, sagt sie und lässt meine Hand los, wendet sich wieder ihren Büchern zu und würdigt mich keines weiteren Blickes. Die Aufforderung ist deutlich, also lasse ich den Stein liegen und erhebe mich.

Erst als ich aufstehe, merke ich, wie fertig ich tatsächlich bin. Mein ganzer Körper fühlt sich schwer an, als hätte man mich in eine der Rüstungen samt Kettenhemd gesteckt, die hier in diversen Ecken verstauben. Ich brauche wirklich lange, wahrscheinlich noch länger als Mrs. Crumple, um die Stufen hinauf zu unserem Zimmer zu steigen. Bevor ich die Tür öffne, atme ich noch einmal tief durch, genieße die Stille draußen auf dem Flur, während ich drinnen bereits Sage und Lucy aufgeregt miteinander sprechen höre. So schön es ist, die beiden an meiner Seite zu wissen und als Unterstützung zu haben, brauche ich hin und wieder meine Auszeit. Deshalb bin ich Professor Paoli dankbar, dass sie mich während meiner Privatstunde heute weitestgehend in Ruhe gelassen hat. Ein bisschen mehr Anleitung könnte allerdings auch nicht schaden.

KAPITEL 17

Statt sofort in mein Zimmer zu gehen, kaum dass ich das oberste Stockwerk der Schule erreicht habe, wende ich mich einem der Fenster zu, das den Vorhof von White Oak überblickt. In der Dunkelheit der Nacht sehe ich gerade noch, wie eine Gestalt über die Brücke torkelt, die White Oak mit dem Festland verbindet. Das muss Evan sein, der unter dem Einfluss von Professor Paolis Zauber nach Codwyll zurückkehrt, ohne sich daran zu erinnern, was in den letzten Stunden geschehen ist. Die Menschen sollen nicht wissen, zu was wir Hexen wirklich fähig sind. In ihren Gespenstergeschichten sind Hexen oft nur Giftmischerinnen oder Kinderfresserinnen, aber sie haben weit mehr auf dem Kasten, als ich für möglich gehalten habe. Dass Evans Verletzungen so schnell geheilt sind, hätte ich niemals erwartet, bin aber unglaublich froh darüber. Ihn dort draußen zu sehen, lässt mich wieder an das Gefühl denken, das mich immer dann durchfließt, wenn sich meine Kräfte einen Weg aus meinem Inneren bahnen. Dieses Gefühl der Stärke. Dass mich nichts davon abhalten kann, meinen Willen zu bekommen. Ich glaube, wenn man das festhalten kann, ist man in der Lage so ziemlich alles zu schaffen, auch starke Verletzungen zu heilen oder Erinnerungen zu löschen.

Und trotzdem ekele ich mich davor, mich so zu fühlen. Bisher hat meine Magie nur Schaden angerichtet und nicht nur Evan beinahe getötet. Wegen mir hat er seine Erinnerung an die letzten Stunden verloren, aber ich werde immer daran denken, was draußen auf dem Weg zur Akademie passiert ist. Jedes Mal, wenn ich nach Codwyll gehe, werde ich vor meinem inneren Auge sehen, wie meine Magie Evan aus dem Gebüsch gerissen und über den Weg geschleudert hat. Das schmatzende Geräusch, als er vor mir über den Weg gerutscht ist, und das leise Knacken, als sein Kopf schließlich gegen einen der Steine gestoßen ist. Vielleicht sollte ich Codwyll fürs Erste meiden, bis ich meine Fähigkeiten unter Kontrolle habe. Nicht, dass das noch einmal passiert, oder noch schlimmer: dass man mich dabei sieht, noch bevor Professor Paoli oder wer auch immer meinen Kontrollverlust vertuschen kann.

Eine Weile blicke ich Evan noch hinterher, bis er hinter der Steinmauer durch das stets angelehnte Eisentor verschwunden ist. Erst dann kehre ich ins Zimmer zurück, wo mich Sage und Lucy sofort mit ihren Gesprächen überfallen.

»Bist du eigentlich auch Joana und den anderen auf deinem Weg zurück begegnet?«, fragt Sage, als ich mich mit einem tiefen Seufzen auf mein Bett niederlasse. Am liebsten will ich nur noch schlafen und mich für immer unter meiner Decke verstecken, aber da haben meine beiden Mitbewohnerinnen offenbar etwas anderes vor.

»Jep«, sage ich, möchte aber nicht wirklich darüber reden. So sehr ich Joanas hämisches Lachen nicht an mich herankommen lassen will, setzt es mir trotzdem zu. Allein die Erinnerung daran schmerzt, weil sie mir nur noch deutlicher zeigt, wie weit ich hinter den anderen Schülerinnen zurückliege.

Statt weiter zu erzählen, ziehe ich mich um und verkrieche mich schließlich unter dem dicken Quilt, den irgendeine Hexe weit vor meiner Zeit aus alten Stoffresten gefertigt hat. Einschlafen kann ich trotz der Erschöpfung nicht. Ich frage mich, wie Milla das macht. Seelenruhig liegt sie in ihre Decke gehüllt auf dem Bett, den Daumen im Mund und die Augen fest geschlossen, während Sage und Lucy laut über den neusten Klatsch und Tratsch aus der Nachtwelt quatschen. Im Schlaf sieht Milla noch weit jünger aus und so zerbrechlich, dass in mir die Angst aufkeimt, ihr könnte etwas passieren. Wie sich mit jedem weiteren Tag zeigt, ist die Nachtwelt ein gefährlicher Ort. Vampire und Werwölfe sind eine Sache, aber im Moment bin ich wohl die größte Gefahr für sie. Wer weiß, ob nicht Milla das nächste Opfer meiner unkontrollierbaren Kräfte wird?

Ich seufze tief und richte mich auf. Das führt doch alles zu nichts! Irgendwie muss ich meinen Kopf leer bekommen. Vielleicht klappt es dann auch, diese verflixten Kieselsteine schweben zu lassen. Nichts hilft mir dabei besser, als darüber zu schreiben. Etwas, das ich seit Annabelles Geburtstag vor zwei Tagen nicht mehr getan habe. Also ziehe ich eine der Einkaufstaschen hervor, die erste, die ich in Selenas Laden gefüllt habe. Auf dem Boden finde ich endlich, wonach ich gesucht habe: das dunkelgrüne Notizbuch, das fast schwarz wirkt, wenn man es ins Licht hält.

Mein Grimoire, das Tagebuch einer Hexe.

Als Sage und Lucy mir Selenas große Kollektion an Notizbüchern gezeigt haben, hat mein Schriftstellerherz bei diesem Anblick einen gigantischen Satz gemacht. Beinahe hätte ich weit mehr gekauft, auch wenn ich all den Kristall- und Feenstaubschnickschnack dieser Zauberbücher nicht unbedingt brauche. Ich bin auch so dazu in der Lage, festzustellen, dass meine aktuelle Gefühlslage gerade unter aller Sau ist und meine Kräfte ziemlich durcheinanderbringt. Meine Reaktion auf Joana heute Morgen und mein versehentlicher Angriff auf Evan sind dafür eindeutige Beweise. So schnell wird sich dieser Zustand vermutlich auch nicht ändern. Nicht, wenn ich diesen dämlichen Stein nur ein paar Sekunden zum Schweben bringe, so wie es mir Professor Paoli aufgetragen hat. Aber darüber mache ich mir erst wieder Gedanken, wenn ich bei ihr im Büro sitze. Oder bei Professor Flint im Unterricht.

Jetzt sind es die Worte, die zählen. Sie fließen nur so aus mir heraus, weil sie sich über die letzten Tage hinweg regelrecht angestaut haben. Erst jetzt merke ich, wie lange ich eigentlich schon nichts mehr geschrieben habe, ganz gleich ob über das wirkliche Leben oder Fiktion. Und es tut gut, so gut, das alles ungeschönt jemandem anvertrauen zu können, auch wenn es nur ein einfaches Notizbuch ist. Mit jedem neuen Wort spüre ich, wie die Last der letzten Tage von mir abfällt, sich die Verspannungen in meiner Schulter lösen und ich endlich wieder richtig durchatmen kann. Ich habe fast vergessen, wie sich das anfühlt.

KAPITEL 18

Habe ich gestern Abend noch gedacht, dass es aufwärts geht, beweist schon der nächste Morgen genau das Gegenteil. Während den nächsten Fokus-Stunden habe ich immer noch Probleme, mich auf den Stein vor mir zu konzentrieren. Diesmal bin ich diejenige, die ihn explodieren lässt, und wieder das schallende Gelächter von Joana und ihren Freundinnen zu hören bekommt. Professor Flint scheint langsam die Geduld mit mir zu verlieren, auch später im Unterricht über die Nachtwelt, als ich keine der Fragen, beantworten kann, schnaubt er immer lauter, bis ich das Fass mit meiner Unwissenheit zum Überlaufen bringe.

»Das ist wirklich inakzeptabel, Miss Finchley!«, quiekt er beim vierten Mal mit seiner viel zu hohen Stimme. Höher noch als normal, also ist er wirklich mit seiner Geduld am Ende. »Sie hatten genug Zeit, sich vorzubereiten.«

Das allein weckt die Wut in mir, und mit ihr die Magie. Aber noch passiert nichts, außer dass Worte aus meinem Mund sprudeln, die ich besser nicht gesagt hätte.

»Genug Zeit? Ich bin gerade mal seit zwei Tagen hier«, entgegne ich lauter, als beabsichtigt. »Andere haben ihr ganzes Leben Zeit, um das zu lernen. Wie soll ich das bitte so schnell aufholen?«

Ich fasse es nicht! Er kann doch unmöglich erwarten, dass ich das, was andere über mehr als zehn Jahre ihres Lebens verteilt lernen, sogar miterlebt haben, innerhalb von weniger als achtundvierzig Stunden in meinen Kopf bekomme. Ich weiß doch noch nicht einmal, wie ich meine Kräfte kontrollieren soll! Wie soll das denn bitte gehen?

So langsam verliere ich jegliches Verständnis für Professor Flints Verhalten. Sollte er sich nicht gerade um die neuen Schülerinnen kümmern, die es nicht so leicht haben wie Joana oder andere Hexen aus den alteingesessenen Familien?

»Miss Finchley, nicht in diesem Ton! Außerdem ist das Ihre Sache, wie Sie mit dem Unterrichtsstoff verfahren. Ich erwarte, dass sich das in den nächsten Tagen bessert«, sagt er. Seine Stimme wird dabei so hoch, dass sie schließlich bricht. Sein sonst recht blasses Gesicht ist vollkommen rot, vermutlich, weil er sich genauso sehr aufregt wie ich mich. Mir entfährt ein lautes Schnauben, während ich den Kopf schüttle. Wie kann er das bitte von mir erwarten? Hat er denn kein Verständnis dafür, dass das alles neu für mich ist? Oder hegt er einen ähnlichen Hass auf Zufällige wie Joana und ihre Freundinnen?

Eigentlich hatte ich gedacht, dass Professor Flint keine weiteren Hexenverwandten hat, die ihn an das Leben in der Nachtwelt hätten gewöhnen können. Offenbar habe ich mich da getäuscht. Oder er hat seine eigene Anfangszeit in der magischen Welt längst vergessen, wahrscheinlich weil er vor lauter Fakten über die Nachtwelt und die Verwendung von Magie einfach keinen Platz mehr im Hirn hat.

Als wäre Professor Flints Verhalten nicht schon demütigend genug, geht es im Kräutergarten und dem Gewächshaus der Schule, das ich heute zum ersten Mal zu Gesicht bekomme, ähnlich katastrophal weiter. Was sich im ersten Moment wie eine kleine Verschnaufpause angehört hat, schließlich kann Unkraut jäten nicht so schwer sein, wird zu einem wahren Desaster, bei dem zumindest eine der Beteiligten am Ende einen ziemlich langen Joint braucht, um wieder runterzukommen.

Dabei fing alles so gut an, als ich mit den Mädels das Gewächshaus betreten habe. Es ist direkt an das Haupthaus angebaut und liegt dem See zugewandt. Von dort aus hat man einen wunderbaren Blick auf das dunkle Wasser und das gegenüberliegende Ufer. Man kann sogar vom äußersten Punkt des Kräutergartens die Darkwood Akademie weit oben in den Bergen erkennen. Das ganze Gewächshaus und auch der Garten, der sich darum herum erstreckt, wenn auch nicht gerade groß, ist gefüllt mit Pflanzen, deren süßlich-herber Duft bereits draußen auf dem Gang wahrzunehmen ist. Der Geruch erinnert mich ein bisschen an die Trockenkammer, in der Mum die vielen Kräuter, die bei uns überall im Haus und Garten herumstehen, zu Tee verarbeitet. Wenigstens das ist mir etwas vertraut und ich bin froh, dass mich Mum oft dazu gezwungen hat, ihr dabei zu helfen. Irgendwann hat es sogar richtig Spaß gemacht, aber viele der Pflanzen auf White Oak habe ich noch nie in meinem Leben gesehen, dabei hatte ich Biologie bis zum letzten Schuljahr belegt und war nicht einmal schlecht.

Während Joana und ihre Freundinnen damit beschäftigt sind, bereits abgetrennte Kräuter zu Sträußen zu binden, die später unter dem Dach des Mitternachtturms getrocknet werden sollen, ganz genauso wie bei Mum, fällt mir und meinen drei Mitbewohnerinnen die wunderbare Aufgabe zu, das Unkraut zu jäten, Schädlinge zu beseitigen und die vielen Pflanzen zu gießen. Kurzum: die Drecksarbeit. Wer hätte das gedacht? Keine Prinzessin macht sich hier die Finger schmutzig, aber das ist ja schon immer so gewesen, auch auf meiner letzten Schule.

Als ich meinen Eimer fast bis zum Rand mit Unkraut gefüllt habe, schaue ich mich nach einem Weg um, um das Zeug loszuwerden. Einen Komposthaufen oder Ähnliches habe ich noch nicht entdeckt, aber Professor Basil, die aussieht wie die Personifikation des Hippi-Klischees, kann mir da sicherlich weiterhelfen. Sie scheint mehr Verständnis für meine Situation zu haben als Professor Flint oder Mrs. Crumple und wirkt dabei fast ein bisschen wie eine gealterte Version von Professor Paoli in viel zu weiten Batik-Shirts und Wolken aus Patschuli und Sandelholz.

Ich finde Professor Basil draußen im Kräutergarten in der hintersten Ecke, halb versteckt hinter einem riesigen Busch. Sie hält etwas in der Hand, das verdächtig nach illegalen Substanzen aussieht. Thomas hat sich gelegentlich nach der Schule einen Joint gegönnt, also weiß ich, wie diese Dinger aussehen, aber vor allem wie sie riechen. Er hat den Geruch nie ganz wegbekommen, sodass ich jetzt wieder an ihn und unsere letzte Begegnung erinnert werde. Das hat mir gerade noch gefehlt!

Als Professor Basil mich bemerkt, versteckt sie ihren Joint schnell hinter einem losen Stein in der Hausmauer und macht sich an einem Batzen Moos zu schaffen, um von sich abzulenken.

»Schon fertig?«, fragt sie, als sie sich mir zuwendet und ein paar Blätter aus dem Busch vor sich pflückt.

»Noch nicht ganz, aber ich weiß nicht recht, wohin damit«, antworte ich und halte ihr den Eimer hin. Ihr Blick wandert von meinem Gesicht zum Inhalt und wieder zurück, bevor in Sekundenschnelle jegliche Farbe von ihren Wangen verschwindet und sie ihre glasigen Augen weit aufreißt. Was dann folgt, ist laut Sage ein mittelschwerer Wutausbruch, der mich aus dem Unterricht verbannt und zum Exil in die Küche schickt.

»Ich hoffe, Sie können Schmutz von richtigem Essen unterscheiden. Bei Kräutern scheint das wohl nicht der Fall zu sein«, ruft Professor Basil mir hinterher, bevor sie die Tür zum Gewächshaus zuknallt, dass ich meine, das Glasdach klirren zu hören.

Ich schlucke schwer, als ich mich plötzlich auf der Schwelle zum Gang wiederfinde. Anscheinend habe ich statt Unkraut wertvolle Pflanzen gepflückt.

Ich glaube, heute ist einfach einer dieser Tage, an denen alles den Bach runter geht, auf andere Weise als in den letzten Tagen, aber trotzdem genauso schlimm. Aber wie heißt es so schön? Aller guten Dinge sind drei ...

Auch in der Küche wird es nicht besser, weil ich von meiner gestrigen Unterrichtsstunde bei Professor Paoli und all den anderen Ereignissen der letzten Tage so fertig bin, dass mir mehr als ein Teller zu Bruch geht. Da mache ich Miss Martha nur noch mehr Schwierigkeiten, als dass ich wirklich helfen kann. Aber sie ist die einzige, die dabei noch einigermaßen freundlich bleibt, im Vergleich zu den beiden Professoren, die mich heute am liebsten hochkant aus ihren Unterrichtsräumen geschmissen hätten, wobei es eine sogar getan hat.

»Ich glaube, da ist keinem geholfen, wenn du noch weiter hierbleibst. Am besten, du gehst auf dein Zimmer und ruhst dich aus. Vielleicht kannst du mir nach dem Abendessen noch etwas zur Hand gehen«, rät Miss Martha und scheint sich dazu zwingen zu müssen, mich anzulächeln. Ihre rundlichen Backen leuchten rot, fast so wie Professor Flints Gesicht vorhin. Sie tätschelt mir mit ihren dicken Fingern die Schulter, drückt mir einen Keks in die Hand und schiebt mich dann Richtung Tür.

Auf dem Weg nach draußen lege ich das Geschirrtuch auf die dreckige Anrichte, was mir einen empörten Blick von der Schulköchin einbringt, aber zumindest kein wütendes Gestänker oder keine Belehrung darüber, dass ich besser aufpassen muss. Was auch immer in Miss Marthas Innerem vorgeht, sie behält es für sich, und lässt mir die Ruhe, die ich so dringend brauche.

Auf unserem Zimmer angekommen falle ich erschöpft auf mein Bett und bin einmal mehr froh, dass die anderen drei noch im Unterricht feststecken, die Hände wahrscheinlich bis zu den Ellenbogen in Schneckenschleim, Unkraut und Erde, sodass ich etwas schlafen kann. Denn Sages und Lucys Gespräch gestern Abend hat sich noch bis in die frühen Morgenstunden fortgesetzt, während Milla leise vor sich hingeschnarcht hat. Keine Ahnung, wie die zwei das mit dem Unterricht schaffen, mich hat das jedenfalls mehr mitgenommen, als mir lieb ist. Ich habe nur nichts sagen wollen, schließlich war es meine erste Nacht bei ihnen. Vielleicht war es auch nur eine Ausnahme, weil sie wegen gewisser Ereignisse am Nachmittag zu aufgedreht waren. Trotzdem glaube ich, dass ich mit mehr Ruhe in der Nacht, weit bessere Ergebnisse in Professor Flints Unterricht erzielt hätte. Aber jetzt habe ich noch ein paar Stunden, um den dringend benötigten Schlaf der letzten Tage nachzuholen. Und noch während ich mich zur Wand umdrehe, fallen mir bereits die Augen zu. Die Müdigkeit überfällt meinen Körper endgültig und zieht mich tief hinab in meine Träume, wo ich den Gefahren der Nachtwelt und den Ereignissen der letzten Tage zumindest für einige Zeit entkommen kann. Nicht aber meinem Albtraum von dem brennenden Anwesen und meiner Flucht vor den Flammen.

KAPITEL 19

Die nächsten Tage sind auch nicht wirklich besser. Professor Flint sitzt mir noch immer im Nacken, weil ich im Gegensatz zu allen anderen weit hinten dran bin, was die Geschichte und Gebräuche der Nachtwelt angeht. Professor Basil kann sehr nachtragend sein und würdigt mich noch immer keines Blickes, nachdem ich wohl ziemlich wertvolle Pflanzen ausgerissen habe.

Aber wenigstens in den privaten Unterrichtsstunden bei Professor Paoli mache ich endlich Fortschritte, zumindest kann ich den Stein mittlerweile für knapp eine Minute schweben lassen, bevor meine Konzentration wieder bricht und er auf den Boden fällt. Immerhin ein kleiner Fortschritt, an den ich mich klammere und neue Hoffnung schöpfe, dass sich doch noch alles zum Guten wendet. Es ist wie Sage gesagt hat, als mir nach diesem schrecklichen Tag mit all meinen Missgeschicken nicht gerade gutging: *White Oak hat irgendwas an sich, selbst in den schlimmsten Zeiten etwas Gutes auf den Weg zu bringen. Man muss nur ein bisschen warten.*

In dem Moment habe ich nicht genau verstanden, was sie meint. Ich bin viel zu sehr damit beschäftigt gewesen, den Tag Revue passieren zu lassen, während Professor Flints viel zu hohe Stimme in meinem Kopf nachgehallt und mich dazu ermahnt hat, all meine Zeit für das Studium der Nachtwelt zu verwenden. An diesem Tag hat einfach nichts funktioniert und auch in den folgenden bin ich von einer kleinen Katastrophe in die nächste gestolpert, aber wenigstens habe ich keine Unschuldigen auf dem Gewissen, weder menschlich noch pflanzlich.

Aber Sage soll Recht behalten. Irgendetwas Gutes bringt White Oak doch in all dem Chaos zu Tage. Heute in Form der rundlichen Miss Martha, die während der Mittagspause an unsere Zimmertür klopft.

Lucy springt von ihrem Bett auf, das Fläschchen Nagellack noch in den Händen, und tritt an die Tür. Sage erhebt sich ebenfalls, während Milla sich wieder unter dem Bett verkriecht. Meine Mitbewohnerinnen wirken angespannt, fast so, als erwarteten sie, dass Joana mir erneut eine Abfuhr erteilen will. Aber dann würde sie doch nicht klopfen, oder?

Als Lucy auf den Gang späht, entspannt sie sich sofort und tritt beiseite, um unsere Besucherin hereinzulassen. Es ist Miss Martha mit einem riesigen Cookie in der Hand und einem freundlichen Lächeln auf den Lippen.

»Oh, na das nenne ich mal eine Begrüßung«, lacht die Köchin von White Oak und tätschelt Sage die Schulter, ehe sie Lucy für ihre Nagellackwahl komplimentiert. Schwarz mit Glitter soll angeblich bei Hofe gerade sehr angesagt sein. Woher sie das wohl weiß?

»Weil du mir doch neulich ein paar Teller zu viel in den Müll geworfen hast, würde ich heute gerne einen Gefallen dafür einfordern. Außerdem habe ich das Gefühl, dass du gerade eine Auszeit gebrauchen könntest«, sagt sie und lässt sich auf mein Bett fallen, ohne vorher zu fragen. Wie überall sonst in Codwyll wirbelt ein bisschen Staub auf und hüllt uns beide für einige Sekunden ein. Mittlerweile habe ich gelernt, in solchen Situationen besser die Luft anzuhalten, um Hustenkrämpfe zu vermeiden. Kann ja auf die Dauer nicht gut sein …

»Hier, nimm einen Cookie als Wegzehrung. Ich brauche noch etwas Butter und ein paar andere Dinge aus Codwyll.« Miss Martha streckt mir neben einem Cookie auch eine Liste und mehrere Geldscheine entgegen.

»Das sollte dich in den nächsten Stunden beschäftigt halten«, fügt sie mit einem Augenzwinkern hinzu und klopft mir aufmunternd auf die Schulter.

Ein paar Stunden. Das heißt, ich verpasse definitiv Professor Flints Unterricht, was ja eigentlich nicht so gut ist, schließlich muss ich den Stoff irgendwann nachlernen.

»Und Professor Flint?«, frage ich, weil ich befürchte, dass Stundenschwänzen meine Situation bei ihm nur noch schlimmer macht. Ich kann mir gar nicht vorstellen, was das mit seiner Piepsstimme anstellt, sobald er merkt, dass ich nicht da bin.

»Ach, ich mache ihm seinen Lieblingskuchen, dann ist er auch glücklich«, sagt Miss Martha und winkt ab. »Ich erwarte dich in zwei Stunden bei mir in der Küche, damit ich das Abendessen rechtzeitig fertigbekomme.« Damit erhebt sie sich mit einem tiefen Seufzen, winkt mir und den anderen drei zu und lässt uns wieder allein. Während ich Miss Martha hinterherblicke, bin ich an eine Elefantendame erinnert. Groß und gutmütig scheint die Köchin nichts aus der Ruhe bringen zu lassen. Nicht einmal eine völlig unfähige Schülerin, die ihre Teller zerdeppert.

»Darf ich was von dem Cookie haben, Eloisa Finchley?«, fragt Milla und blickt mit großen Augen auf den fast tellergroßen Keks, den mir Miss Martha überreicht hat. Weil mir nach all dem Drama mit den Professoren nicht wirklich nach Essen zumute ist, reiche ich ihr den Cookie und schnappe mir meine Jacke und die Umhängetasche, die ich aus London mitgebracht habe, um die Liste und das Geld zu verstauen.

»Miss Martha solltest du wirklich nicht warten lassen«, rät mir Sage. Sie reicht mir einen Regenschirm, obwohl draußen kaum eine Wolke am strahlend blauen Himmel zu sehen ist. In Codwyll und Umgebung scheint das Wetter allerdings öfter mal verrückt zu spielen. Liegt vielleicht auch ein bisschen an den Bewohnern der beiden Hexenschulen.

»Keine Sorge, wir sagen Flint Bescheid, dass sie dich geschickt hat. Das reicht als Ausrede«, meint Lucy und nickt in Richtung Tür. »Ich wünschte nur, ich könnte mit dir kommen …«

Ich lache leise, ehe ich den Mädels zuwinke und mich auf den Weg in die Stadt mache. Ich bin froh, White Oak und vor allem Professor Flint für ein paar Stunden zu entkommen, auch wenn ich mich unter den wehrlosen Menschen noch immer nicht sicher genug fühle. Ich kann meine Magie vielleicht für eine Minute dazu bringen, einen Stein in der Luft schweben zu lassen, aber das bedeutet noch immer nicht, dass ich sie in besonders emotionalen Situationen unter Kontrolle habe.

»Einfach durchatmen. Tief durchatmen, Isa«, wiederhole ich Professor Paolis Worte leise, während ich das Festland erreiche und White Oak hinter mir lasse.

Es fühlt sich komisch an, nach fast einer Woche das eiserne Tor hinter mir zu schließen und den matschigen Weg Richtung Codwyll entlangzulaufen. Aber das Dorf selbst ist ausgestorben wie immer. In dem kleinen Supermarkt an der Ecke des Dorfplatzes ganz in der Nähe der Schule, ist bis auf den Verkäufer niemand zu sehen und selbst der wirkt, als wäre er lieber woanders. Auch der Platz, zumindest, so viel ich von hier aus sehen kann, ist vollkommen leer. Müsste der nicht vor Touristen wimmeln, von denen Sage und Lucy immer erzählen? Bisher habe ich keinen einzigen neugierigen Menschen entdeckt, der mit zahlreichen Souvenirtüten und einem Fotoapparat oder den nervigen Selfie-Sticks durch die Gegend läuft. Nun, vielleicht ist die richtige Saison noch nicht angebrochen, aber zu Halloween beziehungsweise Samhain, wie es die Hexen nennen, dürfte es hier in der Gegend ziemlich voll werden. Das meinen zumindest Lucy und Sage, und irgendwie kann ich mir das auch gut vorstellen. Kleine Städte mitten im Nirgendwo mit all den alten krummen Häusern, die oftmals unbewohnt sind, haben einige Geistergeschichten zu bieten. Codwyll wird da keine Ausnahme sein, auch wenn ich bisher noch keine der Geschichten gehört habe. Ein paar Touristen wird es sicherlich anlocken, aber auch die Steinkreise tief in den Wäldern, von denen Sage und Lucy mir bei unserem ersten Ausflug nach Codwyll erzählt haben. Sobald ich meine Kräfte etwas unter Kontrolle habe, werde ich die Mädels bitten, mir diese alten Steinformationen zu zeigen. Die fand ich schon immer faszinierend, aber bis auf das mit Touristen überflutete Stonehenge habe ich noch keine zu Gesicht bekommen.

Im Supermarkt bekomme ich alles, was auf Miss Marthas Liste steht, ganz unten ist eine kleine Notiz in ihrer krakeligen Schrift, die ich auf den ersten Blick gar nicht bemerkt habe:

Nimm dir auch etwas Schönes mit! - M

Ein Lächeln schleicht sich auf meine Lippen, weil ich im Moment nicht gerade viel zu lachen habe. Ich entscheide mich für eine extra große Dose mit Keksen, um mich bei Milla beliebter zu machen. In den letzten Tagen hat sie sich immer näher an mich herangetraut und heute, als ich ihr den Cookie überlassen habe, hat sie das erste Mal so richtig mit mir gesprochen. Bis auf Ja, Nein und ein Schulterzucken habe ich sonst nämlich nichts aus ihr herausbekommen. Aber wenn es ums Essen geht, scheint man sie immer ködern zu können. Da haben wir auf jeden Fall etwas gemeinsam.

Als Fan von alten Gebäuden beschließe ich, einen Abstecher durch die schmaleren Gässchen Codwylls zu machen, um vielleicht selbst ein paar Geister zu sichten, die sich in Großbritannien an allen Ecken und Enden tummeln. Selbst meine alte Schule hat angeblich einige Geister beherbergt. Aber statt einem Gespenst zu begegnen, laufe ich jemandem über den Weg, dem ich am liebsten nie wieder begegnet wäre.

Evan.

Ich atme tief durch, weil ich laut Professor Paoli nichts zu befürchten habe. Sie hat versprochen, dass er sich an nichts erinnern wird, aber als sich unsere Blicke treffen, weiten sich seine Augen. Er zuckt zurück, als hätte er einen Geist gesehen. Den Besen, den er in der Hand gehalten hat, lässt er fallen und tritt einige Schritte auf mich zu, bevor er wieder abrupt stehenbleibt.

»Komm mir nicht zu nahe, Hexenpack!«, knurrt er, den Zeigefinger weit erhoben. »Ihr solltet alle auf dem Scheiterhaufen brennen!« Mit seinen Fingern formt er ein Kreuz, als könne er mich so abwehren. Seine Stimme wird dabei so laut und trieft nur so voller Verachtung, dass sich irgendwo hinter mir ein Fenster öffnet. Noch ehe ich weiß, was hier gerade passiert, ist Evan mit laut hallenden Schritten in der nächsten Seitengasse verschwunden. Den Besen hat er liegengelassen. Anscheinend wollte er so viel Abstand zwischen sich und das *Hexenpack* bringen, wie nur irgend möglich.

KAPITEL 20

Als wäre das nicht schon genug, laufe ich auf meinem Rückweg auch noch Joana in die Arme. Diesmal hat sie ihre Freundinnen nicht dabei, aber auch ich bin allein und ihr somit vollkommen ausgeliefert. Meine Magie will mir schließlich noch immer nicht gehorchen. Wehren kann ich mich damit ganz sicher nicht. Einen Stein eine Minute lang schweben zu lassen, reicht sicher nicht aus, um Joana bei einer Auseinandersetzung zu schlagen.

»Sieh an, sieh an, wenn das mal nicht die Neue ist«, ruft sie mir in einem Singsang zu, der ihr ganz sicher lautes Lachen von ihren Freundinnen eingebracht hätte. Aber da ist niemand, nur wir beide.

Das wird nur noch deutlicher, als Joana langsam den Abstand zwischen uns verringert. Von meiner Begegnung mit Evan und seiner unerwarteten Reaktion bin ich noch viel zu aufgewühlt, um wirklich handeln zu können. Ich hätte weglaufen sollen, so wie er vorhin, so schnell ich kann irgendwo ins Unterholz, wo Joana mich nicht finden kann, aber ich bleibe wie angewurzelt stehen. Ich kann mich einfach nicht bewegen, so wie an meinem ersten Tag in White Oak.

Es dauert einen Moment, bis ich realisiere, dass es nicht an mir liegt. Nein, Joanas Kräfte wirken bereits auf mich. Ihre rechte Hand hält sie fest zu einer Faust geballt. Wenn ich mich genau konzentriere, wie es mir Professor Paoli in den letzten Privatstunden beigebracht hat, kann ich das Flimmern der Magie in Joanas Adern erkennen. Sie hält mich fest an Ort und Stelle, selbst das Atmen fällt mir schwer. Die Luft um mich herum scheint sich zu verdichten, drückt immer fester auf meinen Körper ein, bis ich das Gefühl habe, mitten im Nichts eingeschlossen zu sein. Die Magie in meinem Inneren beginnt zu brodeln, aber Joana kennt ganz sicher einen Weg, sie zu unterbinden, damit ich ihr wirklich schutzlos ausgeliefert bin.

»Du bist eine Schande für die Hexen, Zufällige. Deine Kräfte hast du nicht verdient«, flüstert sie mir zu, als sie kaum einen halben Meter von mir entfernt ist.

Das Gefühl, gefangen zu sein, wird immer stärker, als würde sie mich mit ihrer Magie zerquetschen, bis jedes noch so kleine bisschen Luft aus meinen Lungen gewichen, jedes Quäntchen Leben aus mir geflossen ist. Bis nichts mehr von mir übrig ist.

Und da ist niemand, keine Sage, keine Lucy, keine Lehrer, nicht einmal Mrs. Crumple, die Joana davon abhalten können, mir wehzutun. Eingeschlossen in ihrer Magie schlägt mein Herz ein viel zu schnelles Tempo an, drängt gegen meine Brust, als wolle es mir aus dem Körper springen. Selbst, wenn es funktioniert hätte, Joanas Magie würde das nicht zulassen. Es ist, als hätte sie mich in Sekundenschnelle in einen Ganzkörperverband eingewickelt, den sie nun immer fester und fester zubindet. Fast so wie damals, als man als Kind ausprobiert hat, was passiert, wenn man sich eine Schnur viel zu fest um den Finger wickelt. Er ist langsam angeschwollen und taub geworden, bis man es nicht mehr ausgehalten und die Schnur gelöst hat. So fühlt es sich gerade an, aber nicht bloß an einem Finger, nein, im ganzen Körper. Und Joana hält die Schnur, was es mir unmöglich macht, mich zu befreien.

»Du weißt nichts über die Nachtwelt. Am besten solltest du wieder in das Loch zurückkehren, aus dem du gekrochen bist, Zufällige!«, knurrt sie und schon im nächsten Moment schlägt mir eine gigantische Welle ihrer Magie entgegen. Magie, die mich von den Füßen reißt und mich gegen einen Baum am Wegrand donnert, diesmal mit voller Wucht. Wie schon an meinem ersten vollen Tag in White Oak gleite ich am Baumstamm entlang, während die Rinde mir die Haut an den Fingern und dem Nacken aufreißt. Als ich auf dem Boden aufkomme, umhüllt mich sofort kühle Nässe und Matsch, der sich über meine Wunden legt und den Schmerz für einen Moment vertreibt.

»Und halte dich von meinem Bruder fern!«, ist das letzte, was ich höre. Wie Donnerschläge hallen Joanas Worte in meinem Kopf wider, bis schließlich alles verklungen ist. Der Wald um mich herum verschwindet und macht dem Inferno meiner Albträume Platz.

KAPITEL 21

Selbst mit über einhundert Meter Abstand versengt die Hitze des Feuers mein Bein. Überzieht es mit Blasen. Meine Angst lässt mich fallen, sodass ich tief hinabstürze, fort von der Zerstörung, hinein in die wogenden Wellen des Meeres. Kaltes Wasser umschließt mich, zieht mich tiefer hinab in die Arme der See, hält mich fest und schenkt mir Halt und Geborgenheit in der Stunde meines Todes. Doch selbst hier unten, so weit weg von dem Brand, der sich strahlend vom Schwarz des Himmels abhebt, höre ich ihre Schreie. Sie sind in meinen Erinnerungen begraben und brechen aus, sobald ich die Kontrolle über meine Träume verliere.

Kurz bevor ich das Gefühl habe zu ersticken, reiße ich die Augen auf und sauge tief die Luft ein. Ein Fehler, denn dabei dringt so einiges an Matsch und Blättern in meinen Mund ein. Ich drücke die Augen wieder fest aufeinander, blinzele ein paarmal, bis ich endlich begreife, dass es nur wieder ein Albtraum gewesen ist. So wie in jeder Nacht. Man könnte meinen, dass ich mich über all die Jahre daran gewöhnt habe, aber noch immer rast mein Herz, während mir kalter Schweiß über das Gesicht läuft und Furchen in die Matschschicht schlägt.

Es dauert einen Moment, bis mir einfällt, wo ich bin. Mitten im Wald, kurz vor White Oak, vollkommen allein und durchnässt. Sage hat recht behalten, es hat tatsächlich zu regnen begonnen, und meine Klamotten sind pitschnass.

Wie lange ich hier wohl schon liege?

Ich versuche, mich aufzusetzen, breche unter dem Schmerz aber sofort wieder zusammen. Schmerz, den ich schon einmal gespürt habe, als wäre ich aus hunderten von Metern auf eine glatte Oberfläche gestürzt. Mein Körper erinnert sich daran, während mein Gedächtnis leer bleibt. Vielleicht gibt es dieses Haus, von dem ich ständig träume, und den Brand wirklich. Vielleicht bin ich dafür verantwortlich gewesen. Vielleicht waren es meine Kräfte, die erst Jahre später wieder zum Leben erwacht sind.

Ob mich meine leiblichen Eltern deswegen weggegeben haben? Weil ich das zu verantworten habe, diese Zerstörung?

Mit diesem Gedanken kommen meine Erinnerungen an die letzten Ausbrüche meiner Magie zurück. Warum sie mir gerade eben mit Joana nicht zur Hilfe gekommen ist, verstehe ich einfach nicht. Schon beim ersten Mal hätten meine Kräfte doch irgendetwas gegen sie ausrichten müssen, oder? Aber was wäre dann passiert? Ich kann meine Zauberkräfte schließlich nicht kontrollieren, zumindest nicht so, wie ich es eigentlich sollte. Und Joana ist die Tochter des Hexenkönigs. Wenn ich ihr auch nur ein Haar krümmen würde, wer weiß, was dann geschieht …

Ganz vorsichtig richte ich mich auf und kann ein Stöhnen nicht unterdrücken. Zum Glück bietet mir der Baumstamm, gegen den Joana mich geschleudert hat, Halt. So kann ich halbwegs aufrecht sitzen, wobei ich mich fühle, als hätte man mich in tausende Stücke zerteilt. Wie eine Vase, die auf den Boden gefallen ist. Viele winzige Scherben, die sich über den gesamten Fußboden erstrecken, manche kaum größer als ein Staubkorn.

Es dauert eine ganze Weile, bis ich sie eingesammelt und wieder zusammengesetzt habe, aber ein Stück fehlt. Mein Stolz. Und da ich weiß, wirklich weiß, wie es sich anfühlt, Opfer von Magie zu werden, ist meine Entschlossenheit nur noch stärker, diese Macht endlich zu bezwingen. Mein erstes Aufeinandertreffen mit Joana und der anschließende Schmerz, ist nichts im Vergleich zu dem, was gerade wie Feuer durch meine Adern rast. Mein ganzer Körper steht in Flammen, als stünde ich im Mittelpunkt des Brandes, den ich immer wieder in meinen Träumen sehe.

Ich will meine Magie nicht kontrollieren, um ähnliche Taten wie Joana zu vollbringen. Ich will sie kontrollieren können, um ihr und all den anderen Hexen und Nachtwesen das nächste Mal die Stirn zu bieten. Nicht mehr durch die Luft geschleudert zu werden. Keine Angst mehr haben zu müssen.

Dass es ein nächstes Mal geben wird, weiß ich nur zu gut. Joana ist wie Annabelle und all die anderen Mädchen, denen ich auf der normalen Schule immer aus dem Weg gegangen bin. Sie wird niemals aufhören, mich zu foltern, wenn ich mich

nicht zur Wehr setze. Für sie bin ich wahrscheinlich nur irgendein brandneues Spielzeug, das sie so
lange gegen die Wand schlägt, bis irgendwann etwas Neues herhalten muss, weil ich zu zerbrochen
bin.

»Nicht mit mir, Bitch!«, stoße ich zwischen zusammengebissenen Zähnen hervor. »Da hast du
dich mit der falschen Hexe angelegt.«

KAPITEL 22

Meine Entschlossenheit ist mir anzusehen, nachdem ich zur Schule zurückgekehrt und den Schmutz und all die Angst in einer heißen Dusche abgewaschen habe. Nicht nur Professor Paoli fragt, was in mich gefahren ist, dass ich so viel Zeit für ihre Privatstunden aufbringe und mir all ihre Ratschläge zu Herzen nehme. Auch Professor Basil scheint meine furchtbare erste Stunde in Kräuterkunde vergessen zu haben und drückt mir stattdessen ein ziemlich dickes, in Leder gebundenes Buch in die Hand.

»Seite 217 könnte ganz hilfreich sein, Finchley«, flüstert sie mir zu, ehe sie sich wieder den anderen Schülerinnen zuwendet und so tut, als wäre nichts geschehen.

Irgendwie habe ich das Gefühl, dass das, was Professor Basil vorschlägt, nicht die beste Lösung für mein Problem ist. Trotzdem ziehe ich mich in der Pause zwischen Kräuterkunde und einer weiteren Stunde Fokus bei Professor Flint in die verlassene Bibliothek zurück, um besagte Seite aufzuschlagen. Die Neugier ist einfach zu groß.

Gegen Müdigkeit, steht da in großen goldenen Lettern auf dem vergilbten Papier und darunter eine lange Liste mit Kräutern und Zutaten. Zusammen ergeben sie laut Beschreibung eine Paste, die den Anwender eine ziemlich lange Zeit wach bleiben lässt. Professor Basil hat wohl recht, denn das ist genau das, was ich brauche, um den Stoff nachholen zu können.

Nach einer weiteren demütigenden Stunde Fokus folge ich den anderen nicht in den Speisesaal, um mir mein Mittagessen von Miss Martha abzuholen, sondern kehre zurück in den Mitternachtssaal. Weil ich Basil im Inneren nicht finden kann, trete ich hinaus ins Gewächshaus und finde sie schließlich draußen an ihrer üblichen Ecke, wie sie mal wieder irgendetwas hinter einem losen Stein versteckt, als sie mich kommen hört.

»Konnte ich Ihr Interesse wecken, Finchley?«, fragt sie und deutet auf das Buch, das ich in den Händen halte, den Zeigefinger meiner rechten Hand zwischen die Seiten gesteckt.

Als ich nicke, breitet sich ein weites Lächeln auf ihren aufgesprungenen Lippen aus.

»Dann gebe ich Ihnen in dieser Mittagspause eine Extrastunde, was halten Sie davon?«, schlägt Professor Basil vor und kehrt bereits ins Gewächshaus und von dort aus in den Unterrichtsraum zurück, der allein ihr zur Verfügung steht. Von der Decke hängen Kräuterbündel, manche frisch, andere sehen so aus, als hätten bereits Hunderte von Spinnen darin genistet. Nicht gerade appetitlich, aber was macht das schon, wenn ich bald eine Tinktur in der Hand halten kann, die mir etwas mehr Zeit zum Lernen verschafft?

»Ich glaube, Sie sind ein wahres Naturtalent. Nach der ersten Stunde hatte ich so meine Zweifel, aber jetzt sehe ich großes Potential in Ihnen«, sagt Professor Basil nach einer geschlagenen Stunde, in der wir Kräuter gehackt und zu einem stinkenden Brei vermischt haben.

»Die Paste müssen Sie sich alle paar Stunden unter die Nasenlöcher schmieren, kurz einwirken lassen und dann wieder abwischen. Niemals länger als zehn Minuten, haben Sie verstanden?«, fragt sie und hebt warnend den Zeigefinger in die Luft.

Ich nicke und greife nach dem kleinen Döschen, das am Ende unserer stundenlangen Arbeit herausgekommen ist. Nicht gerade viel für die Menge an Kräutern, die wir verarbeitet haben. Aber immerhin etwas, und dank Professor Basils Magie ist diese stinkende Paste stärker als jede Tasse Kaffee, die mir ein miesgelaunter Evan hätte servieren können.

Professor Basils Kräutermixtur ist nicht das einzige, das sich durch meinen Entschluss nach Joanas letztem Angriff geändert hat. Auch Professor Paoli zeigt mir einige neue Methoden, um endlich Fokus zu erlangen und meine Magie kontrollieren zu können. Jetzt ist es keine Minute mehr, in der ich den Stein in der Luft halten kann, sondern fast eine halbe Stunde, glaube ich jedenfalls. In Professor Paolis Büro scheint die Zeit anders zu vergehen als irgendwo sonst auf der ganzen Welt. Langsamer, aber am Ende habe ich doch immer das Gefühl, viel zu wenig erreicht zu haben.

Ja, ich sollte mit dem, was ich schon geschafft habe, zufrieden sein, aber mir fehlt noch so viel, um auch nur annähernd auf dasselbe Niveau zu kommen wie alle anderen Schülerinnen hier. Aber wenigstens lässt mich Joana gerade in Ruhe, wahrscheinlich glaubt sie, dass ihr letzter Angriff mich ziemlich eingeschüchtert hat.

Träum weiter, Bitch, denke ich und spüre neue Kraft in mir. Unendliche Motivation, angetrieben durch meine Wut auf dieses arrogante Biest.

Um mich bei Miss Martha zu revanchieren, helfe ich ihr mit ein paar Extrastunden aus. Der Botengang, bei dem ich gerade noch mit dem Leben davongekommen bin, kann nicht genug sein, um die zerbrochenen Teller und Gläser zu ersetzen, die während meiner Strafarbeit in den Mülleimer gewandert sind. Zum Dank schaufelt sie mir noch mehr Essen auf den Teller und lässt hier und da einen Cookie unter meinem Kopfkissen verschwinden. Sehr zur Freude der Ameisen und Spinnen von White Oak. Und zu Millas, die genüsslich die Reste isst, ohne sich um die Krabbeltiere zu scheren.

Zum Glück haben meine Einkäufe für Miss Martha Joanas Angriff überstanden. Auch wenn mir noch immer so ziemlich jede Faser meines Körpers wehtut, habe ich niemandem davon erzählt. Stattdessen habe ich so getan, als wäre ich auf dem Weg ausgerutscht, um all den Matsch auf meinen Klamotten und meinem Gesicht zu erklären. Es ist mir zu peinlich, zugeben zu müssen, dass ich mich nicht habe verteidigen können. Und überhaupt …
Was hätten Sage und Lucy oder gar Professor Paoli tun können? Joana ist praktisch unantastbar und am Ende steht ihr Wort gegen meines. Ich versu-

che einfach, die Schmerzen in meinem Kopf und Rücken so gut es geht zu ignorieren und den ganzen Besuch in Codwyll zu vergessen, inklusive der Begegnung mit Evan.

Wenigstens Professor Basils Kräutermixtur wirkt Wunder. Das zeigt sich schon innerhalb weniger Tage, als Professor Flint mit uns die Ränge der Werwolfsrudel durchnimmt. Seit meiner ersten Auseinandersetzung mit ihm hat er keine Gelegenheit ausgelassen, um mich im Unterricht vor den anderen abzufragen und damit bloßzustellen. Aber heute kann ich ihm endlich die Stirn bieten und alle Fragen mit Bravour beantworten.

Professor Basil hat mir das Kräuterbuch überlassen, um mein Potential weiter auszukosten, wie sie es genannt hat. Sie scheint mir meine Vergehen im Gewächshaus endgültig verziehen zu haben. Und ich habe das erste Mal seit meiner Ankunft hier in White Oak das Gefühl, dass mein Leben aufwärts geht. Ganz ohne Angriffe von Joana oder schneidende Kommentare von Professor Flint. Endlich ist ein Licht am Ende dieses unendlich langen, ziemlich schmerzhaften und niederschmetternden Tunnels zu sehen.

Wird aber auch Zeit.

KAPITEL 23

»Sehr gut«, ruft Professor Flint, als ich ihm wieder die richtige Antwort genannt habe. »Sie sollten sich alle ein Beispiel an Miss Finchley nehmen.«

Oh, hoffentlich bekommt Joana das nicht in den falschen Hals!

In der Schule gut zu sein hat so seine Vorteile, zumindest bin ich Professor Flints Mahnungen los. Es fühlt sich gut an, wenigstens einmal in meinem Leben den anderen voraus zu sein. Wenn das bedeutet, widerlich stinkenden Schleim unter meine Nase reiben zu müssen, und die halbe Nacht lang staubige Bücher zu lesen, bis ich sie auswendig kann, nehme ich das gerne in Kauf.

Je besser ich werde, umso mehr ziehe ich allerdings wieder die Aufmerksamkeit der Hexenprinzessin und ihres Gefolges auf mich. Bei jeder richtigen Antwort spüre ich ihren finsteren Blick auf mir, als würden sie Dolche in meine Richtung schicken. Die wirkliche Bombe lässt Joana jedoch erst in der Mittagspause am nächsten Tag platzen. Kurz nach dem Essen stürmt sie in unser Zimmer, während Sage ihren *Schönheitsschlaf* hält und Lucy Milla einzureden versucht, zumindest ein paar ihrer Klamotten kürzen zu lassen.

»Eloisa Finchley, ich fordere dich zu einem Duell heraus«, faucht Joana, den Blick fest auf mich gerichtet.

Über meinen Stapel Bücher hinweg starre ich sie erschrocken an, wobei ich höre, wie jemand, vermutlich Lucy oder Sage, scharf die Luft einzieht.

Hinter Joana erscheinen ihre beiden Freundinnen in der Tür, demonstrativ die Arme vor der Brust verschränkt, und mustern mich mindestens ebenso hasserfüllt wie ihre Anführerin.

»Ähm, nein«, entgegne ich und will mich schon wieder meinen Büchern zuwenden, als ich einen Hauch von Magie in der Luft spüre. Keine Sekunde später schnappt Milla nach Luft und gibt würgende Geräusche von sich. Irgendetwas scheint ihre Kehle fest umklammert zu halten, ganz sicher dieselbe Art von Magie, die mich bei Joanas letztem Angriff fast zerdrückt hätte.

»Ähm, ich glaube schon. Oder ich mache deinen kleinen Freundinnen das Leben zur Hölle. Angefangen mit der da!«, sagt sie und wieder zieht ein ganzer Schwall Magie durch die Luft, und drückt Milla nach hinten gegen ihr Bett. Ein schmerzerfüllter Laut kommt über ihre Lippen, ehe sie sich, so schnell kann ich gar nicht gucken, unter dem Bett verkriecht. Lucy und Sage sind beide aufgesprungen und auch ich bin kurz davor, mich vor Milla zu werfen, die mit all dem hier überhaupt nichts zu tun hat.

»Isa, das ist gegen die Schulregeln«, flüstert mir Sage zu, als ich mich neben sie und Lucy vor Millas Bett stelle. Joana und ihre Truppe sind kaum zwei

Meter von uns entfernt, sodass ich die Magie in ihrem Inneren spüren kann.

»Mach das bloß nicht, sonst fliegst du schneller raus, als du *Abracadabra* sagen kannst«, meint Lucy, aber Millas Anblick, die vor Schreck weit aufgerissenen Augen, lassen mir keine andere Wahl.

Unser Zimmer und Joanas mörderisches Lächeln verschwinden, werden vor meinen Augen durch eine andere, schreckliche Szene ersetzt. Milla, die verzweifelt nach Luft schnappt, ihre kleinen Hände, die sich um ihre Kehle verkrampfen, um irgendetwas ausrichten zu können, bis sie schließlich in sich zusammensackt und leblos auf unserem Dielenboden liegenbleibt. Und Lucy und Sage wären als nächstes dran. So etwas sollte niemand durchmachen müssen, nicht einmal Joana selbst.

»Also gut«, sage ich und reiche Joana die Hand.

Sie stößt ein amüsiertes Schnauben aus und schüttelt den Kopf.

»Wir sehen uns auf dem Schlachtfeld.« Mit einem letzten Blick auf mich, dreht sie sich um und lässt uns einfach stehen.

»Das kannst du doch nicht ernst meinen, Isa!«, ruft Sage, kaum dass Joana fort ist. Auch Lucy will dagegen protestieren, aber ich schneide den beiden mit einer Handbewegung das Wort ab. Erst muss ich mich versichern, dass es Milla gut geht. Vorsichtig spähe ich unter das Bett, kann kaum etwas erkennen, weil es so dunkel und staubig ist. Nachdem ich ein Kissen beiseitegeschoben habe, sehe ich, wie sich Milla ganz hinten an der Wand zu einem Knäuel zusammengerollt hat, fast wie eine kleine Katze, die sich vor allem Übel der Welt und vor den Joanas dort draußen verstecken will.

»Ich lasse nicht zu, dass sie dir noch mal etwas antut, versprochen.«

Ich weiß nicht, ob sie mich gehört hat, oder ob sie vor lauter Angst alles andere um sich ausblendet, aber ich bin mir ganz sicher, dass Joana keinen von ihnen wehtun wird. Niemandem, wenn es nach mir ginge, aber sie ist nun mal die Tochter des Hexenkönigs und damit gefährlicher als die meisten Hexen hier.

Ich seufze und krieche unter Millas Bett hervor, lasse mich wieder auf mein eigenes sinken. Mit geschlossenen Augen atme ich tief durch und folge der Übung, die Professor Paoli mir vor ein paar Tagen beigebracht hat. Eine Aneinanderreihung von kurzen und langen Atemzügen, die meine Konzentration stärken. In diesem Moment schaffe ich es tatsächlich, alles, jegliche Gedanken und Gefühle, von mir weichen zu lassen, bis ich vollkommen ruhig bin. Fast etwas zu ruhig, aber genau das zeigt mir, dass ich es schaffen kann. Ich denke an Milla, an Sage, Lucy, Mike, meine Eltern, einfach alle Menschen in meinem Leben, die mir am Herzen liegen. Ich sehe sie alle vor mir, stelle sie mir so bildlich vor, wie ich nur kann. Mike mit seinem schiefen Grinsen, das Grau und Weiß in Dads Bart, Mums lila Brille und Millas viel zu weite Klamotten. Und dann stelle ich mir vor, was passieren würde, wenn jemand wie Joana auftauchen und das Leben all dieser Menschen gefährden würde.

Angst durchfährt mich, aber noch stärker ist meine Wut. Dem Duell zuzustimmen, ist wirklich bescheuert gewesen. Vor allem weil ich meine Kräfte noch immer nicht vollends im Griff habe. Aber wie Professor Paoli gesagt hat: Man braucht nur etwas, worauf man sich konzentrieren kann, etwas, das wichtiger ist als alles andere. Die Sicherheit all dieser Leute, die mir ans Herz gewachsen sind. Genau darauf konzentriere ich mich jetzt, lasse meiner Magie freien Lauf und vertraue darauf, dass sie alles tun wird, um genau diese zu verteidigen.

Als ich meine Augen wieder öffne, schwebt jeder einzelne Gegenstand im Zimmer in der Luft. Auch die Betten, auf die sich Lucy und Sage niedergelassen haben. Selbst Milla schwebt unter ihrem Bett über dem Boden und blickt sich mit großen Augen um.

»Ich glaube, ich bin bereit …«

KAPITEL 24

Ein paar Stunden später, die Lucy und Sage fast ausschließlich damit verbracht haben, mir dieses Duell mit Joana auszureden, steigen wir zum Abendessen die Treppenstufen hinunter ins Erdgeschoss. Als wir uns setzen und gerade mit dem Essen anfangen wollen, betritt Violet den Speisesaal, den wir vorher ganz für uns allein hatten. Aber statt sich von Miss Martha einen Teller geben zu lassen, steuert sie direkt auf unseren Tisch zu. Mit einem finsteren Blick, aber ohne ein einziges Wort donnert sie einen Zettel direkt neben mich auf den Tisch, sodass die Suppe über den Rand schwappt und uns allen einen tadelnden Blick von Miss Martha einbringt. Bevor irgendwer von uns etwas sagen kann, hat Violet sich bereits umgedreht und ist in der nächsten Sekunde auf den Gang verschwunden.

Ich bin zu verwundert, um zu reagieren, also schnappt sich Lucy den Zettel und faltet ihn auf.

»Das Duell findet heute um Mitternacht statt, auf der Lichtung, auf der wir sonst immer feiern«, murmelt sie beim Lesen und faltet die Nachricht wieder zusammen, um sie in ihrer Hosentasche verschwinden zu lassen. »Es wäre besser, wenn den keiner sieht.«

Da hat sie wohl recht. Meine Recherchen bezüglich der ziemlich umfangreichen Schulregeln von White Oak haben ergeben, dass Duelle unter den Schülerinnen tatsächlich verboten sind. In Geschichte haben wir gelernt, dass es außerhalb der Schulen immer wieder zu Duellen gekommen ist, häufig zwischen dem Hexenkönig und einem seiner Rivalen, der ihm die Krone streitig machen will. Aber hier geht es um keinen Thron, keine Krone oder einen Titel, hier geht es darum, Milla zu beschützen und Joana endlich zu zeigen, dass ihre Spielchen bei mir nicht wirken. Wenn ich ihr so auch heimzahlen kann, was sie mir nach meinem Botengang für Miss Martha angetan hat, wäre ich mehr als zufrieden.

»Aber das ist doch viel zu früh!«, stößt Sage hervor. Wieder fällt ihr Blick auf mich, eindringlich, wobei sie sich zweimal versichert, dass Miss Martha mit ihrem Essen beschäftigt ist und uns nicht hört, bevor sie weiterspricht.

»Isa, du bist noch nicht bereit. Du hast doch keine Ahnung, wie Duelle in der magischen Welt ablaufen«, sagt sie in einem letzten Versuch, mir die ganze Sache auszureden.

Sie hat recht. Ich habe keine Ahnung davon, aber einen Rückzieher kann ich auch nicht machen. Joana hat ihr Leben lang Zeit gehabt, sich auf einen solchen Kampf vorzubereiten. Als Tochter des Hexenkönigs hat man ihr sicherlich beigebracht, wie man sich im Falle eines Angriffs verteidigt. Wenn ich sie aus Versehen verletze … Was passiert dann?

Hoffentlich kann ich sie irgendwie besiegen, ohne ihr dabei wehzutun. Wenn es mir überhaupt gelingt, schließlich hat sie mir gegenüber mehr als einen Vorteil. Aber sie rechnet nicht mit meiner

Entschlossenheit, meine Freundinnen vor ihr zu beschützen. Irgendjemand muss Joana doch endlich mal in die Schranken weisen, wenn es nicht einmal die Professoren fertigbringen.

Nach Joanas Nachricht habe ich keinen Hunger mehr, nicht dass ich davor recht großen Appetit gehabt hätte. Irgendwie hat es diese Kräutermixtur von Professor Basil an sich, dass ich kaum etwas essen muss. Und außerdem bin ich viel zu aufgeregt wegen des anstehenden Duells. Als wir uns schließlich in unsere Betten legen, will sich der Schlaf nicht einstellen und das, obwohl ich heute gar keinen Schleim aufgetragen habe. Die Nervosität, die durch meine Adern fährt, lässt mich wach bleiben, bis mein Handy Alarm schlägt. Eine Viertelstunde vor Mitternacht, dann werden wir auf der Lichtung zusammentreffen und das ein für alle Mal hinter uns bringen, ob es mich nun umbringen wird oder nicht. Irgendwer muss Joana doch zeigen, dass sie mit anderen Hexen nicht tun kann, was sie will.

»Es ist noch nicht zu spät, es sein zu lassen«, meint Sage, als ich nach meiner Jacke greife.

»Es ist schon zu spät gewesen, als sie das überhaupt vorgeschlagen hat«, entgegne ich mit einem Schulterzucken, was ihr ein wütendes Schnauben entlockt.

»Du meinst wohl, dich dazu gezwungen hat?«

Spielt das überhaupt noch eine Rolle? Ändern kann ich es nun sowieso nicht mehr, also schlüpfe ich in die Jacke und stecke meine Hände in die Taschen, um vor den anderen zu verbergen, wie sehr sie zittern. Jetzt, so unmittelbar vor dem Duell, kann ich es nicht länger leugnen. Ich habe Angst, Todesangst sogar, aber es gibt keinen Weg zurück. Wenn ich jetzt nicht auf der Lichtung auftauche, wird dank Joana nicht nur mein Leben zur Hölle werden, sondern auch das der anderen drei. Nach allem, was sie in den letzten Tagen für mich getan haben, kann ich das einfach nicht zulassen.

In der Dunkelheit der Nacht beschwört Sage eine schwebende Flamme herauf, die uns den Weg erleuchtet, aber erst, nachdem wir White Oak ein ganzes Stück hinter uns gelassen haben. Die Professoren sollen schließlich nicht herausfinden, was wir vorhaben, wobei es laut Schulregeln keine feste Nachtruhe gibt.

»Mir gefällt das nicht … Was machen wir, wenn es eine Falle ist?«, murmelt Lucy vor sich hin und packt mich fest am Arm. »Du musst das nicht machen. Wir können wirklich auf uns selbst aufpassen.«

Ich werfe einen Blick über die Schulter, wo Milla einige Meter hinter uns durch die Dunkelheit stapft. Lucy mag vielleicht auf sich aufpassen können, aber bei Milla bin ich mir nicht so sicher, so leicht, wie sie Joana bei ihrer Herausforderung zum Opfer gefallen ist.

»Ich muss das tun«, flüstere ich zurück und spüre, wie meine Entschlossenheit zurückkehrt und zusammen mit der Angst die Magie in meinem Inneren schürt.

Ich muss es tun. Nicht nur für die Mädchen, sondern auch für mich selbst, um mir zu beweisen, dass ich meine Magie auch für gute Zwecke einsetzen kann.

Als wir auf die Lichtung treten, sind Joana und ihre Freundinnen längst zugegen. Sie stehen auf der anderen Seite, wo sie miteinander flüstern. Tamsin ist die einzige, die nicht gerade begeistert von Joanas Herausforderung zum Duell wirkt. Sie gestikuliert wie wild und schüttelt immer wieder den Kopf. Oder ich bilde mir das nur ein, schließlich ist es ziemlich dunkel, auch wenn überall kleine Flammen, ähnlich wie die von Sage, in der Luft schweben.

»Isa, jetzt gibt es noch ein Zurück«, erinnert mich Sage und tritt an meine rechte Seite. Lucy stellt sich links neben mich, während sich Milla einige Schritte hinter uns in der Dunkelheit hält. Ist wohl auch besser so.

»Wenn ich jetzt gehe, machen sie uns alle fertig«, entgegne ich und trete vor. Joana ahmt meine Bewegung nach.

»Na, hast du Angst?«, ruft sie mir über die Lichtung zu und wirft meinen Begleiterinnen einen finsteren Blick zu.

Bloß nicht die Nerven verlieren. Joana zu zeigen, dass ich Angst habe, wäre ein großer Fehler. Ganz sicher wird sie einen Weg finden, um sie gegen mich zu verwenden.

»Nein, du etwa?«, entgegne ich, ruhiger, als ich erwartet hätte. Demonstrativ richte ich meinen Blick auf Tamsin und Violet, die nun einige Meter hinter ihrer Anführerin stehen. »Was wollen die hier?«

»Ich möchte nur jemanden als Zeugen dabeihaben, die aussagen können, wie erbärmlich du bist, wenn das hier vorbei ist.«

Violet und Tamsin nicken und alle drei stemmen fast zeitgleich die Hände in die Hüften. Ob sie das vorher geübt haben?

»Wir werden ja sehen, wer hier erbärmlich ist«, erwidere ich und bin wirklich überrascht, wie ruhig und gelassen meine Stimme klingt. Mein Innerstes dagegen ist das vollkommene Chaos, keine Ahnung, wie ich es gleich schaffen soll, mich auf nichts außer meine Magie zu konzentrieren. Aber irgendwie muss es funktionieren, irgendwie muss ich Joana schlagen.

»Sie sollen schwören, dass sie nicht eingreifen werden«, fordert Joana mit einem Kopfnicken in Richtung meiner Mitbewohnerinnen.

»Nur wenn die das gleiche machen«, sage ich und deute auf die beiden Mädels, die noch immer am anderen Ende der Lichtung warten. Beide nicken sofort, und ein Blick zurück auf meine drei Begleiterinnen zeigt mir, dass auch sie zurückbleiben werden, komme was wolle. Sie sollen nicht zwischen die Fronten geraten. Das hier ist mein Kampf, meine Auseinandersetzung mit Joana. Nur ich bin dazu in der Lage, sie endlich zu beenden, wie auch immer das ausgehen mag …

Wie es die offiziellen Duellregeln der Nachtwelt bestimmen, so viel hat mir Lucy gerade noch darüber erzählen können, verbeugen wir uns voreinander, entfernen uns einige Schritte, ehe wir uns in Position bringen. Lucy hat mir gezeigt, wie man sich am besten hinstellt: den linken Fuß voraus, den rechten fest nach hinten in die Erde gestemmt, um keinen gegnerischen Druckwellen zum Opfer zu fallen. Ich atme tief durch und leere meinen Geist, wie schon vorhin, sodass kein einziger Gedanke, kein winziges bisschen Angst mehr übrig ist. Nur noch die Magie, die meinen gesamten Verstand ausfüllt und etwas, das ich schon vor dem Ausbruch meiner Kräfte besessen habe. Meine Intuition.

Es gibt keine Trillerpfeife, keinen Startschuss, der das Duell beginnt, nur wir beide, wie wir uns langsam umkreisen, bis Joana schließlich den ersten Angriff wagt. Ich spüre ihre Magie schon einige Sekunden vorher auf mich zuschnellen und schaffe es gerade noch so, ihr auszuweichen. Der Zauber donnert an mir vorbei und schlägt in einem der Bäume ein. Auf einen Schlag verliert er alles Laub.

»Ist das alles, was du draufhast?«, rufe ich Joana über die Lichtung hinweg zu. Das freie Feld zwischen uns ist fast so groß wie die Sporthalle meiner alten Schule.

Statt einer Antwort donnert eine neue Welle Magie auf mich zu, aber auch der kann ich ausweichen, schneller noch als beim ersten Mal. Und während Joana weitere Kräfte zusammensammelt, um mich ein drittes Mal anzugreifen, ist meine Chance gekommen, um ihr endlich etwas entgegenzusetzen. Als kleinen Tribut an meinen wiederkehrenden Albtraum beschwöre ich meine Magie in Form von Flammen hervor. Durch die vielen tanzenden Lichter in der Luft werden sie nur noch mehr genährt. Das Feuer ist hier auf dieser Lichtung übermächtig, stärker noch als die Druckwellen, die Joana auf mich losgelassen hat. Und wesentlich verheerender. Sie setzen das Gras trotz des frischen Taus und des Regens der letzten Tage in Brand. Es ist kein normales Feuer, sondern etwas viel Mächtigeres.

Hexenfeuer.

Wir tauschen Schlag um Schlag, weichen aus, werden hin und wieder getroffen, aber nicht so stark, dass man einen Gewinner hätte bestimmen können. Dadurch, dass ich nie im Duellieren unterrichtet worden bin, setze ich wirklich alles auf meine Intuition und komme damit besser als erwartet zurecht. Besser als Joana erwartet hätte, weil ich sie das ein oder andere Mal tatsächlich straucheln lassen kann.

Bei meinem nächsten Schlag, das Feuer ist mittlerweile so heiß, dass es eine blaue Färbung angenommen hat, erwische ich sie am rechten Arm. Langsam wird es wirklich brenzlig für sie, im wahrsten Sinne des Wortes. Ich bin wie im Rausch, kann mich endlich für all die fiesen Kommentare und die Angriffe rächen, die sie auf mich und meine Mitbewohnerinnen verübt hat. Ich denke die ganze Zeit an das, was Joana Milla angetan hat. Seitdem hat die Arme kein Wort mehr geredet. Joana soll dafür bezahlen!

Die Farbe meines Feuers wechselt von blau zu weiß, genauso, wie ich es im letzten Augenblick meines Albtraums gesehen habe, kurz bevor ich über die Klippe gestürzt bin. Aber noch bevor die Flammen bei Joana einschlagen, zieht eine Bewegung am Rande der Lichtung meine Aufmerksamkeit auf sich. Zwei Gestalten, die miteinander ringen, und eine, die schließlich verliert. Ein anderes Duell, das während dem von mir und Joana ausgefochten wird. Bis eine der beiden Gestalten, die größere, mitten hinein in unseren Kampf gestoßen wird. Im gleißend hellen Schein meines Feuers erkenne ich Evans Gesicht, wie er mir mit weit aufgerissenen Augen entgegenblickt, und die Flammen auf ihn zurasen.

KAPITEL 25

Bevor meine Magie ihn allerdings erreichen kann, versiegt sie mitten in der Luft. Schlagartig wird es dunkel auf der Lichtung, sodass ich nicht erkennen kann, was vor mir passiert. Meine Angst, ihn erneut zu verletzen, kehrt zurück. Genau das nutzt Joana aus, um den Kampf zu beenden. Mit einer lässigen Bewegung ihrer Hand sendet sie einen letzten Strahl ihrer Magie an Evan vorbei direkt auf mich zu und stößt mich damit wieder gegen einen Baum. Ich lasse es geschehen, aus Angst, dass sie Evan sonst gegen mich verwendet, so wie sie es mit Milla getan hat. Aber ihr Angriff erfolgt halbherzig, nicht ganz so schlimm wie beim letzten Mal, als sie auf mich losgegangen ist. Ich kann aus eigener Kraft wieder aufstehen, um zu sehen, was passiert ist.

Warum ist Evan hier, wenn er uns doch eigentlich allesamt auf dem Scheiterhaufen brennen sehen will? Nur zu gut erinnere ich mich an seine Worte, bevor er vor mir davongerannt ist, als sei ich ein Monster.

»Ich habe ihn hinter einem der Büsche gefunden«, sagt Violet zu Joana und deutet auf das andere Ende der Lichtung. »Der Spanner hat uns beobachtet!«

Joana bewegt sich langsam auf Evan zu. Sein Blick ist noch immer auf mich gerichtet.

»Er hat uns gesehen?«, fragt Joana und mustert ihn von oben bis unten.

Violet nickt zur Antwort, was Joana mit einem Schulterzucken abtut. »Dann werden wir ihn wohl töten müssen. Niemand soll erfahren, was innerhalb der Mauern von White Oak vor sich geht.«

»Was? Bist du verrückt? Du kannst ihn doch nicht einfach umbringen!«, stößt Sage hervor und kommt zusammen mit den anderen beiden auf die Mitte der Lichtung zugestürmt.

Evan scheint unter Schock zu stehen. Er hat sich keinen Zentimeter bewegt und starrt noch immer mich an. Ich erwidere seinen Blick, versuche ihm zu signalisieren, dass er weglaufen soll, aber er reagiert nicht.

»Die Einheimischen vermuten doch schon seit Jahrhunderten, dass es bei uns nicht mit rechten Dingen zugeht. Kein Grund, ihn umzubringen«, stimmt Lucy zu, aber Joana hat diese Mordlust im Blick, die ich bereits bei ihrer Herausforderung gesehen habe. Sie ist hierhergekommen, um jemanden zu vernichten. Am Anfang mag ich es vielleicht gewesen sein, aber mit Evan hat sie ein viel interessanteres Spielzeug gefunden. Etwas Neues, das noch nicht seinen Glanz verloren hat wie ich. Jemand, der es nicht wagt, gegen sie aufzubegehren. Wie könnte er auch?

»Das ist eine Sache, aber etwas ganz anderes, es mit eigenen Augen zu sehen. Wer weiß, was er den Dorfbewohnern erzählen wird?«, entgegnet Joana kalt und tritt noch einen Schritt auf Evan zu. Ich kämpfe mich weiter voran, blende die Schmerzen des Kampfes aus und erreiche schließlich ebenfalls die Mitte der Lichtung, dort, wo mein Feuer am meisten Schaden angerichtet hat. Hier und da brennt das Gras noch, aber der Regen, den Joana vermutlich heraufbeschworen hat, um sich gegen mein Feuer zu schützen, löscht auch die letzten Flammen.

»Können wir nicht wieder seine Erinnerung nehmen?«, fragt Sage.

»Das hat scheinbar nicht funktioniert, sonst wäre er nicht hier, Schlaumeier«, entgegnet Joana und verschränkt die Arme vor der Brust. Langsam schüttelt sie den Kopf und mustert Evan eindringlich, ehe dieses fiese Grinsen auf ihr Gesicht zurückkehrt. Sie genießt das gerade.

»Sicher ist sicher«, sagt sie, und im nächsten Moment schwebt ein Ast über ihrem Kopf, während sie noch mehr Magie zusammensammelt, um Evan den Todesstoß zu versetzen.

»Nein!«, rufe ich und werfe mich gerade noch dazwischen, als der Ast auf ihn zu rauscht. Sofort weiß ich, dass er ihn nicht getroffen hat, dass Evan noch am Leben ist und weiterhin wie erstarrt auf der Lichtung steht. Ein schneidender Schmerz breitet sich von meiner linken Seite durch meinen ganzen Körper aus, während sich mein T-Shirt und meine Jacke in Sekundenschnelle rot verfärben und vor lauter Blut ganz feucht werden.

Eine heiße Welle des Schmerzes durchfährt mich und vertreibt meine Fassungslosigkeit. Sie strömt durch mich hindurch, als wäre ein Vulkan in meinem Inneren ausgebrochen und würde nun jede einzelne Faser meines Körpers mit heißer Lava überziehen und für immer zu Stein erstarren lassen. Draußen im Wald knackt es verdächtig, als wären noch mehr Menschen unterwegs, vielleicht Hexen, Lehrer, die uns zur Hilfe kommen könnten. Mir zu Hilfe kommen könnten, schließlich steckt ein verdammter Ast in meiner Seite.

Ich sehe gerade noch, wie Joana auf der anderen Seite der Lichtung im Wald verschwindet und Professor Paoli mit Miss Martha und Milla im Schlepptau auf der Lichtung auftaucht. Das Duell habe ich verloren, der Schmerz in meiner Seite, meinem ganzen Körper, macht das ziemlich deutlich. Bevor ich das Bewusstsein vollkommen verliere, das zweite Mal in dieser Woche, durchströmt mich eine ungemeine Erleichterung. Ich habe Joana Paroli geboten, und Evan zur Abwechslung mal das Leben gerettet, anstatt ihn in Gefahr zu bringen. Vielleicht sind es die Schmerzen, oder aber auch das Gefühl, jemanden vor dem sicheren Tod bewahrt zu haben, denn in dieser einen Sekunde, bis alles um mich herum schwarz wird und selbst die hellen Flammen auf der Lichtung erlöschen, fühle ich mich wie eine echte Heldin.

KAPITEL 26

Lange bleibe ich allerdings nicht bewusstlos. Die Schmerzen sind dieses Mal viel zu stark, und reißen mich aus meinem Ozean der Ruhe zurück in die Wirklichkeit. Als ich die Augen aufschlage, blicke ich direkt in das von Flammen erhellte Gesicht meines letzten Opfers. Evan ist mir so nahe, dass sich eine Gänsehaut über meine Arme zieht. Es dauert einen Moment, ehe ich mir bewusst werde, dass er mich in seinen Armen hält, mich trägt, zurück nach White Oak, glaube ich zumindest. Meine Sinne sind noch vollkommen vernebelt und ich habe keine Ahnung, was gerade vor sich geht. Nur dass er da ist, und mir hilft.

Ich will ihn fragen, warum er das tut, doch dringt kein Laut über meine Lippen. Ich bin einfach viel zu schwach, schaffe es aber, mich in seinen Armen zu bewegen, auch wenn es eine erneute Schmerzenswelle durch meinen Körper jagt und mich aufstöhnen lässt. Wieder wird mir schwarz vor Augen, sodass ich sein Gesicht nicht sehen kann, seine Stimme ist dafür umso deutlicher. Und wütend.

»Mir gefällt es einfach nicht, jemandem etwas zu schulden. Da revanchiere ich mich lieber gleich«, murmelt er und hebt mich etwas in die Höhe, wahrscheinlich, um mich besser festhalten zu können. Diese Bewegung reicht schon aus, um mich zum Schweigen zu bringen. Der Schmerz ist das einzige, was ich in den nächsten Minuten wahrnehme. Als hätte er damit die Lava, die alles in mir umschlossen hat, wieder zum Glühen gebracht. Sollte Evan meine Qualen bemerkt haben, so entschuldigt er sich nicht. Wahrscheinlich sind wir damit jetzt quitt.

»Das bedeutet aber nicht, dass ich meine Meinung über euch geändert habe«, fügt er nach einer Weile hinzu, als hätte er meine Gedanken gelesen. Aber das kann er nicht. Er ist ein Mensch, durch und durch, und er sollte hiervon überhaupt nichts wissen. Ob Professor Paoli ihm wieder die Erinnerung nehmen wird?

Ich versuche, mir vorzustellen, wie ein solcher Zauber aussehen müsste, komme aber nicht wirklich weit, weil der Schmerz in diesem Moment meinen ganzen Verstand einnimmt. Alles um mich herum verschwimmt. Die Flammen, die ihm den Weg erleuchten, fließen ineinander, nur Evans Gesicht bleibt klar und deutlich vor mir. Wie ein Fels in der Brandung, an den ich mich klammern kann, während das Meer aus Schmerz und Blut mich zurück in seine Tiefen reißen will.

Erst, als mich der vertraute Geruch unseres Zimmers umhüllt, ein bisschen staubig und erfüllt von Lucys Chanel N°5, weiß ich, dass wir wirklich zurück in White Oak sind. In Sicherheit. Zumindest vorerst.

Langsam kann ich auch wieder Schemen innerhalb meines Blickfelds erkennen, und als mich Evan vorsichtig auf das Bett legt, sehe ich nicht nur Sage, Lucy und Milla im Hintergrund, sondern auch Professor Paoli mit einer besorgten Miss Martha, die offenbar Tränen in den Augen hat.

Bevor Evan ohne ein weiteres Wort aus dem Zimmer verschwindet, hebt er seine Hand über mein Gesicht, streicht mir eine lose Strähne aus meinen Augen. Ich hätte es für Einbildung gehalten, hätte ich ihn nicht zurückzucken sehen. Seine Augen weiten sich wieder, so wie vorhin auf der Lichtung, aber nicht vor Angst, sondern vor Überraschung. Und dann ist er fort.

Professor Paoli und Miss Martha lassen sich auf seinem Platz nieder, um sich meiner Verletzungen anzunehmen. Die ganze Zeit über reden sie auf mich ein, wie dumm es gewesen ist, die Regeln zu brechen, was das alles für Konsequenzen nach sich ziehen könnte, was ich mir bloß dabei gedacht habe. Ich nehme ihre Worte nicht wirklich war. Viel zu sehr bin ich in meinem Schmerz und der Erinnerung an Evans Gesicht, an seine Hände, die mich vorsichtig festhalten, gefangen. Selbst jetzt, da er längst verschwunden ist, habe ich immer noch das Gefühl, dass er bei mir ist, über mich wacht, auch wenn das völlig absurd ist. Was kann er schon Leuten wie Joana entgegensetzen? Nichts. Er ist ein Mensch, und sie sind Hexen. Mordlustige Hexen.

»Isa? Hörst du mir überhaupt zu?«, reißt mich Professor Paolis besorgte Stimme zurück in die Gegenwart. Ich schüttle kurz den Kopf und versuche, mich besser auf sie zu konzentrieren, aber noch immer entgleiten mir die Sinne, als wäre ich gefangen zwischen Erinnerung und Wirklichkeit.

»Ich werde deine Verletzungen heilen, so wie bei Evan. Erinnerst du dich?«, fragt sie und allein die Erwähnung seines Namens bringt sein Gesicht zurück, lässt es über mir schweben wie eine Wolke, die man vom Himmel herabgesendet hat.

Vom Himmel herabgesendet? Was zur Hölle ist mit mir los?

»Das Schlimmste werde ich heilen, aber nicht ganz. Du magst deine Fähigkeiten nun einigermaßen kontrollieren können, aber es ist noch ein langer Weg, bis Magie, Körper und Geist bei dir im Einklang leben. Die Verletzung, oder zumindest ein Teil davon, soll dich daran erinnern. Als Strafe dafür, dass du die Regeln gebrochen hast«, dringen Professor Paolis Worte zu mir durch.

»Okay«, sage ich schwach, obwohl ich keine Ahnung habe, was das bedeuten soll. Mein Kopf fühlt sich wie Watte an, während weiterhin gleißende Wellen des Schmerzes durch meinen Körper branden. Ich schließe die Augen, damit die Schulleiterin ans Werk gehen kann. Je eher diese verdammten Schmerzen verschwinden, umso besser.

EPILOG

Vater wird mich umbringen, sobald er von Professor Paoli erfährt, was ich getan habe. Aber was hätte ich sonst machen sollen? Zusehen, wie diese Zufällige mir meine Position an der Akademie streitig macht? Wie sie sich an Graham heranmacht und dann den guten Namen unserer Familie durch den Dreck zieht?

Niemals!

Wie kann Paoli ausgerechnet sie fördern? Sollte sie nicht mir Zusatzstunden geben? Als Tochter des Hexenkönigs lebt man schließlich gefährlich und Isa ist bloß eine dumme Zufällige. Um sie wäre es nicht schade, wenn sie in den Schatten der Nachtwelt verschwindet.

Aber wieso ist sie dann so stark? Dieses Duell … und dann das Feuer. So etwas habe ich noch nie bei einer anderen Hexe gesehen, außer vielleicht bei Onkel Jasper, und erst recht nicht bei einer, die so unerfahren im Umgang mit Magie ist. Das ist total unnormal, oder? Ich meine, alle anderen Zufälligen, die ich kenne, verfügen nicht annähernd über so viel Magie wie sie.

Was ist, wenn sie nur so tut, als würde sie keiner bekannten Familie angehören? Wenn sie einen falschen Namen angenommen hat, erklärt das auch, warum sie nicht im Buch der verlorenen Hexen steht. Vielleicht hat sie sich ja in die Schule eingeschlichen, um uns auszuspionieren oder näher an Graham heranzukommen. Oder um uns zu töten. Wäre ja nicht das erste Mal, dass das jemand versucht.

Aber nicht mit mir! Die Verletzungen vom Duell sollten sie für einige Zeit von mir fernhalten und danach wird mir schon etwas einfallen, um sie von ihrer Mission abzulenken. Violet wird mir dabei sicher helfen, schon allein, weil Graham sich so für diese kleine Lügnerin interessiert. Das habe ich ihm schon bei ihrer ersten Begegnung angesehen, draußen auf dem Weg zwischen Codwyll und der Schule. Ich kenne diesen Blick und weiß, was danach kommt. Trotzdem wird auch er am Ende tun, was das Beste für die Familie und unser Überleben in der Nachtwelt ist.

Und Vater wird erkennen, dass das Duell der richtige Schritt gewesen ist. Sobald Isas wahre Identität ans Licht kommt, und das wird sie, wird er mir danken. Zum ersten Mal wird er mich richtig wahrnehmen. Nicht als das kleine, schwächliche Mädchen, für das er mich hält, sondern als wichtiges Mitglied der Familie. Er soll sehen, dass ich nicht nur hübsch aussehen und stundenlang lächeln kann, sondern meinen Teil dazu beitrage, um die Macht unserer Familie in Britannia zu halten.

Aus dem 7. Grimoire der Joana Waterhouse

NACHRICHT DER AUTORIN

Liebe Leserinnen, liebe Leser,
ich kann es noch immer nicht ganz glauben, dass ich diese Worte hier tippe und sie in Kürze schon von euch gelesen werden. Ich bin euch allen so unendlich dankbar, dass ihr mich mit dem Kauf der Bücher und euren Rezensionen unterstützt. Das bedeutet mir so viel. Danke, danke, danke!

Auch an dieser Stelle möchte ich mich nicht nur bei euch tollen Lesern bedanken, sondern auch bei all den wunderbaren Menschen, die mir dabei geholfen haben, dieses Buch zu schreiben und veröffentlichen. Vor allem meinen Testlesern, die dieses Buch auf Hochglanz poliert haben. Danke an Nadine, Theresa, Bianca und Isabel, ohne euch wäre das Buch nicht halb so gut und voller schrecklicher Fehler.

Mama und Papa und der ganze Rest der buckligen Verwandtschaft, danke dass ihr es trotz schlechter Laune wegen Schreibblockaden und Kreativitätstiefs noch mit mir aushaltet und mir meine Selbstzweifel nehmt. Ich verspreche, dass sich das in Zukunft bessert.

Ein großes Danke auch an Darcy und Sallie, meine beiden Katzen, die mir beim Schreiben immer so schön Gesellschaft leisten und super Zuhörer sind, wenn ich mal jemanden brauche, um über meine Plotprobleme zu reden. Ihr habt euch eine Extraportion Knabberli verdient!

Und natürlich danke an alle, die nach dem Lesen des Buchs eine Rezension schreiben oder die Reihe weiterempfehlen. Es ist so toll, dass durch euch immer mehr Leser Isa auf ihrem Weg durch die Nachtwelt begleiten können. Danke!

Im Anschluss findet ihr den Klappentext und eine kurze Leseprobe für *Wicked Witches*, dem dritten Teil der Witch's World Reihe. Ich glaube, das war der bisher schwierigste Teil, weswegen ich mir dafür etwas mehr Zeit gelassen habe. Falls ihr mir beim Schreiben über die Schulter blicken wollt, schaut gerne auf Instagram und Youtube vorbei. Dort teile ich regelmäßig, woran ich gerade arbeite, und manchmal könnt ihr dort auch Abstimmen und mir dabei helfen, diese Reihe zu gestalten.

Ich freue mich auf euch!

Eure Kate
November 2019

LESEPROBE

WICKED

WITCHES

witch's world band 3

Selbst in der gefährlichen Nachtwelt kann es romantisch werden.

DOCH DIE LIEBE HAT IHREN PREIS.

Isa Finchley ist bei dem Duell mit ihrer größten Erzfeindin Joana Waterhouse gerade noch so mit dem Leben davongekommen. In der Nachtwelt tummeln sich allerdings weit schlimmere Gefahren, die es auf Isa und ihre Mitschülerinnen abgesehen haben.

Isa muss lernen, sich gegen ihre Feinde zu verteidigen, die ihr das Leben an der White Oak Akademie zur Hölle machen. Als zufällige Hexe hat sie einiges an Unterrichtsstoff nachzuholen und will der Nachtwelt beweisen, dass mit ihr nicht zu spaßen ist.

Ablenkungen kann Isa bei ihrem Vorhaben gar nicht gebrauchen, doch erregt ausgerechnet sie die Aufmerksamkeit von Graham Waterhouse. Als Sohn und zukünftiger Erbe des Hexenkönigs von Britannia hat er so einige Verehrerinnen innerhalb der Nachtwelt.

Und diese schrecken vor nichts zurück. Auch nicht davor, Unschuldige zu verhexen und einen Keil zwischen Isa und Graham zu treiben ...

Werden sich die beiden trotzdem näherkommen? Und kann sie Graham überhaupt vertrauen?

PROLOG

Evan

»Wo warst du, Junge?«

Die Stimme meines Vaters reißt mich aus meiner Benommenheit. Verwundert blicke ich mich um und erkenne die Umrisse der Tische und Stühle im Schankraum unseres Cafés. Eine einzelne Kerze erhellt den Raum und malt schaurige Gestalten an die Wände.

»Hast du was auf den Ohren?«, knurrt mein Vater und knallt die halbleere Whiskey-Flasche vor sich auf den Tisch. Die Flamme der Kerze flackert für einen Moment, wobei sie mich an irgendetwas erinnert, das ich dort draußen im Wald gesehen habe.

Nur was?

»Muss ich es dir aus der Nase ziehen, du kleiner *Scunner*?«

Scunner … widerwärtiges, abscheuliches Stück Scheiße. Ich schlucke. Wenn er mit den Schimpfwörtern beginnt, dauert es nicht lange, bis er seine Fäuste sprechen lässt.

»Wird's bald?« Dad rückt den Stuhl zur Seite und scheint drauf und dran zu sein, auf mich loszugehen.

Ich atme tief durch, suche nach einer Antwort.

»Draußen«, murmele ich und verschlucke mich beinahe an diesem einen Wort. Ich bin mir nicht einmal sicher, ob das stimmt. Das Letzte, an das ich mich erinnern kann, ist die untergehende Sonne über dem Wald rings um Codwyll.

»Um die Uhrzeit? Bist du noch ganz bei Trost?« Er schüttelt ungläubig den Kopf, erhebt sich aber nicht.

Ich nicke und bleibe an meinem Platz. Bloß keine schnellen Bewegungen machen, bloß keine Aufmerksamkeit auf mich ziehen. Ich wünschte, ich könnte einfach unsichtbar werden und seiner üblen Laune entgehen. Seinen Fäusten entgehen.

»Biste lebensmüde, oder was?« Dad bricht in schallendes Lachen aus, das sich in ein raues Husten wandelt. Mit zwei kräftigen Schlucken aus der Flasche beruhigt er sich schnell wieder.

»Da brauchst du nicht raus zu gehen, *Nugget*.« Wieder so ein Schimpfwort, das er nur allzu gern benutzt. Für ihn bin ich schon immer ein verdammter Idiot gewesen, zu dumm für die Welt. Gerade mal akzeptabel genug, um Tische abzuräumen und den Boden zu schrubben. Aber seine Worte schmerzen längst nicht so sehr, wie seine Schläge.

Er verschränkt die Finger ineinander und lässt die Knochen knacken. Angst wallt in mir auf, lässt mein Herz schneller schlagen, während eine Stimme mir immer wieder zuruft, wegzurennen, bevor es zu spät ist, doch ich kann mich einfach nicht bewegen.

»Diese kleinen Teufelsanbeter sind eine verdammte Plage! Brennen sollten sie!« Er knallt die Faust auf den Tisch und spuckt auf den Boden.

»Und wie willst du das anstellen?« Die Worte sind schneller aus meinem Mund, als ich erwartet habe. Und noch schneller ist mein Vater bei mir, starrt mich mit seinen glasigen Augen an. Irgendwie wirkt es als würde er mich gar nicht sehen.

»Was hast du gesagt?« Ich zucke zusammen, als mich sein stinkender Atem trifft. Ein Vorbote für das, was sicher gleich folgen wird, wenn ich meine verdammte Klappe nicht halte.

»Sie sind nicht alle böse«, sage ich zu meiner eigenen Überraschung, während das Gesicht einer der Schülerinnen vor mir aufblitzt. Die Neue. Isa.

Mein Vater saugt tief die Luft ein und starrt mich angewidert an. »Was haben sie mit dir angestellt?«

»Nichts«, erwidere ich. Oder vielleicht doch? Ich kann mich einfach nicht daran erinnern, was seit dem Sonnenuntergang geschehen ist.

»Schau mich an, Junge!«, befiehlt er und packt mich am Kinn, reißt es unsanft nach oben und zwingt mich damit, seinem Blick zu begegnen. Seine Finger graben sich in meine Haut und hinterlassen blutige Furchen. Kalter Schweiß bildet sich in meinem Nacken und auf meiner Stirn, während Dad regelrecht durch mich hindurchblickt.

»Du hältst dich gefälligst von denen fern, hast du mich verstanden?« Abrupt stößt er mich von sich und genehmigt sich noch einen Schluck aus seiner Flasche. »Denen kann man nicht trauen.«

Ich antworte nicht, kann mich noch immer nicht bewegen, obwohl ich so gerne von hier verschwinden würde.

Manchmal stelle ich mir vor, wie ich ihm die Stirn biete. Wie ich ihm zeige, dass er mich nicht mehr herumschubsen kann als wäre ich ein kleiner Junge. Normalerweise sitze ich da sicher in meinem Zimmer unterm Dach wie der Feigling. Aber heute Nacht muss irgendetwas geschehen sein, irgendetwas hat einen Funken Mut in mir geweckt.

»Vielleicht solltest du den für die zahlenden Gäste aufheben«, sage ich leise und deute auf die Flasche in der Hand meines Vaters.

»Was?«, fragt Dad genauso verwundert wie ich mich innerlich fühle. Habe ich das wirklich gesagt?

Es dauert keine zwei Sekunden, da hat er die Bedeutung meiner Worte verstanden. Mit einem wütenden Knurren stürzt er auf mich zu.

»Wie kannst du es wagen, du undankbarer Bastard?«, faucht er und stößt einen Tisch beiseite. Bevor er mich allerdings zu fassen bekommt, gewinne ich die Kontrolle über meinen Körper zurück und renne in den hinteren Teil des Cafés und von dort aus die steilen Stufen hinauf in den Wohnbereich. Dad folgt mir, doch hat er in seinem angetrunkenen Zustand Schwierigkeiten, die Treppe hinaufzukommen.

Als ich mein Zimmer erreiche, brennen mir die Lungen. Ich knalle die Tür hinter mir zu, schließe sie ab und schiebe die alte Kommode davor, die noch aus Großvaters Zeiten stammt.

Schwer atmend schaue ich mich in meinem kleinen Zimmer um, das einzig von den Laternen auf der Straße beleuchtet wird. Das Poltern auf der Treppe nimmt abrupt ein Ende.

»Das wirst du noch bereuen, Junge«, dringt die Stimme meines Vaters vom ersten Stock aus zu mir hoch. Ein dumpfes Geräusch erklingt, als hätte er mit der Faust gegen die Wand geschlagen, dicht gefolgt von einem Schmerzenslaut, ehe sich die Schritte entfernen und eine Tür, sicherlich die zum Schlafzimmer meiner Eltern, zugeworfen wird.

Lieber die Wand als mein Gesicht, denke ich und kauere mich auf dem Bett zusammen. Ich zähle langsam bis einhundert, wie ich es schon als Kind getan habe. Noch immer ist es im Haus ganz still, also muss Dad es für heute aufgegeben haben, seinen Frust zu ertränken oder an mir auszulassen. Allmählich entspanne ich mich, strecke mich schließlich auf dem Bett aus und schließe die Augen, auch wenn es noch eine ganze Weile dauern wird, bis ich tatsächlich einschlafen kann. Meine Füße hängen ein Stück weit über die Bettkante, aber daran bin ich gewöhnt.

Ich atme tief ein und wieder aus und spüre, wie sich mein Herz langsam beruhigt. Wieder sehe ich das Gesicht dieses Mädchens vor mir. Ihr wütender Blick, der sich mir bei unserer ersten Begegnung ins Gedächtnis gebrannt hat, wandelt sich zu einem Ausdruck puren Schmerzes, die Augen weit aufgerissen, die Wangen mit Blut beschmiert.

»Was bei allen Heiligen?« Ich springe erschrocken vom Bett auf und schlage mir dabei den Kopf an der Dachschräge an.

»Shit!«

Während sich der Schmerz in Wellen in meinem ganzen Kopf ausbreitet, werde ich das Gefühl nicht los, dass ich irgendetwas damit zu tun habe. Aber warum kann ich mich nicht daran erinnern, verdammt? Und warum verspüre ich Mitleid mit ihr, wo es doch gegen alles geht, was ich von klein auf beigebracht bekommen habe? Was alle Bewohner in Codwyll beigebracht bekommen.

Aber da ist noch etwas ... etwas, das überhaupt keinen Sinn macht. Dankbarkeit.

ÜBER DIE AUTORIN

Kate S. Stark hatte schon immer ein Faible für alles Übersinnliche und Magische. Als Kind war sie fest überzeugt, eines Tages auf einem Besen durch die Weltgeschichte fliegen und mit Tieren sprechen zu können. Weil sie mittlerweile eingesehen hat, dass ihr das wohl nicht vergönnt sein wird, hat sie zunächst eine Ausbildung bei einem Buchverlag abgeschlossen, im Online-Marketing gearbeitet und konzentriert sich nun aufs Schreiben. Wenn man schon nicht hexen kann, erschafft man eben Charaktere, die diese Fähigkeiten besitzen und einen ganzen Haufen gefährlicher magischer Wesen.

Aber hin und wieder darf es auch romantisch werden, wie sie mit ihrem Verlagsdebüt *Die Dunkelheit deiner Seele* beweist, das im Frühjahr 2020 erscheinen wird.

In der Witch's World Serie hat sie ihre Leidenschaft für Hexerei und Schreiben verbunden. Band 1, *Wayward Witches*, erschien pünktlich zu Halloween/Samhain, Kates absolutem Lieblingsfeiertag.

Website: www.katesstark.com
YouTube: www.youtube.com/c/KateStarkschreibt
Instagram: www.instagram.com/katesstark/

WITCH'S WORLD SERIE
Band 1: Wayward Witches
Band 2: Natural Witches
Band 3: Wicked Witches
Weitere Bände der Serie sind in Vorbereitung.